脚印踏处有花开

高国镜◎著

国文出版社
·北京·

图书在版编目（CIP）数据

脚印踏处有花开 / 高国镜著 . -- 北京 ：国文出版社，2025. -- ISBN 978-7-5125-1770-7

I. I267

中国国家版本馆 CIP 数据核字第 2024AN2221 号

脚印踏处有花开

作　　者	高国镜
责任编辑	张　茜
责任校对	丁　宁
出版发行	国文出版社
经　　销	全国新华书店
印　　刷	北京飞达印刷有限责任公司
开　　本	710 毫米 ×1000 毫米　　16 开 12 印张　　200 千字
版　　次	2025 年 7 月第 1 版 2025 年 7 月第 1 次印刷
书　　号	ISBN 978-7-5125-1770-7
定　　价	39.80 元

国文出版社
北京市朝阳区东土城路乙 9 号　　邮编：100013
总编室：（010）64270995　　传真：（010）64270995
销售热线：（010）64271187
传真：（010）64271187-800
E-mail：icpc@95777.sina.net

《冰心散文奖获奖者散文精选集》

系列丛书编委会

主任：刘　军

编委：易孟林　郭海涌

主编：凌　翔

内容提要

《脚印踏处有花开》是一部颇有特色的散文集，是游记，又非游记，更像一部人生四季的旅程。把一个小小的山村、一个个体，与祖国的大好河山联系起来，与人生的里程联系起来，与一个作家的写作路径联系起来，这是其新意所在。这部散文集收入高国镜 50 多篇散文，长则几千字，短不过寥寥数语。但是，文本却能打开读者的视野，把读者带入鲜为人知的环境和意境之中，带到祖国各地，带到诗和远方。由于作者生长在山区，所以其文字极具山野气息；由于作者生活在农家院，其作品又有浓厚的生活气息；由于作者发表和出版过《八百岁少年传奇》等五部长篇小说、《山情野恋》等五部中短篇小说集、《红豆情》等八部诗集，以及小小说集《摇落红枣的少女》、少儿文学集《金丝猴奇遇孙大圣》、散文集《中国结》、剧本《门神》等，所以其写作具有一定的故事性、可读性，给人以扑面而来的形象感和画面感，且见事见人，大多作品构思巧妙，以情动人，极具感染力。此散文集语言流畅，文中的一些表达很接地气，所以更有亲切感。

总序：爱上阅读，学会写作

〇凌翔

爱读书，读好书，养成阅读好习惯，这是近年来流行的好趋势。

阅读的好处毋庸置疑，既开阔了读者的眼界，也陶冶了读者的情操。阅读好书会使读者提高自己的能力素质，调整自己的心情，缓解生活中的压力，帮助读者在丰富知识的同时增强胆识和气度。所以，引导广大青少年学会阅读，爱上阅读，阅读好书，越来越成为专家学者们的一大重要任务。

散文是一种抒发作者真情实感、写作方式灵活多样的记叙类文学体裁。广义地说，散文是与小说、诗歌、戏剧并列，在小说、诗歌、戏剧以外的所有文学作品的统称。但在当代，散文又专指那些形散而神不散、意境深邃、语言优美的文章。所以，当代散文又有了一个形象的称呼：美文。

散文的门槛不高，可以说，只要会写作文的人，都能够写散文。所以，在我国，每天都会有数不清的散文作品诞生。不过，尽管散文作品的量很大，但真正的好散文、真正能够传世的散文作品并不多。可以说，我们常见的散文作品大多是平庸的。所以，为了能够在海量散文作品中发现优秀的作品，人们开展了多种多样的散文评选活动，其中名气较大的有冰心散文奖、朱自清散文奖、三毛散文奖、丰子恺散文奖等。当下最为权威的散文奖项当数冰心散文奖，被誉为中国散文界最为重要和专业的奖项。该奖项由中国散文学会组织，在著名作家冰心女士生前捐赠的稿费基础上设立，每两年评选一次，旨在评选出题材广泛、思想敏锐、能够深刻反映现实生活的优秀散文作品。正因为此，每届冰心散文奖获奖散文作品集都极受欢迎，成为散文写作者的范本，也成为老师推荐学生阅读的精品。为了给广大读者提供更多更精美的散文阅读范本，编者从已经举办的十届冰心散文奖数百名获奖作家中挑选出几十位散文家，请他们从自己所有的作品中挑选出最适合中学生阅读的文字精美、意境深远的作品，结集推出。

首先，大家知道，与小说相反，散文是写实的。散文作家在写作时，如同用照相机拍照一样，用他们的笔墨触及身边的人、事和风景；即使是历史散文，作者笔墨描绘的也都是真实的人和物。所以，真实是一篇好散文要满足的首要条件。其次，好的散文在“形”散的基础上，实则上是“神”的聚焦，是思想的聚焦、灵魂的聚焦。正所谓说东话西，全都是为了一个中心。第三，散文注重抒情，注重遣词造句的美与高雅，注重每个篇章、段落之间层次的递进、并列和呼应，所以，散文又是不拘一格的。正因为此，阅读散文作品时，要能够阅读出新词妙意，阅读出谋篇布局，阅读出作者的所思所想，阅读出作者字里行间散发出来的对生活的热爱和对美好人生的向往，以及对万事万物的兴趣和景仰。

千万别指望别人给你提炼出一二三四的写作方法，即使有人总结出了什么写作诀窍，也千万不要相信。写作从来都没有捷径，要想写出好文章，必须进行深入的阅读，并且阅读好的作品，在阅读的同时还要不断分析作品，把作品拆开来思考。只有读出了每篇作品的结构组成，读出了人物、事物刻画的方法，读出了语言运用的技巧，才会把优秀作品的营养吸收下来，从而转化为自己写作的智慧。

散文写作的门槛确实很低，但写作的台阶却很多、很高——我们每迈上一级台阶，都需要付出很多很多的汗水。让我们一起多读好文章吧，为自己写出好文章积累砖瓦，达到“对事物的观察十分细致，对人物的刻画九分入骨，对心灵的把握八分精准”的标准。

（凌翔，享受国务院特殊津贴专家，《解放军报》高级编辑，原解放军总政治部军区军兵种报刊副刊奖评委，全军军事百科知识命题专家组成员，2000 年被中国科协评为“成绩突出的国防科普编辑家”。主编的《冰心散文奖获奖者散文精选集》等系列图书受到广泛好评。）

崖花与摇果及山水之乐
（代序言）

这本来是一部近似于游记的散文集，怎么先说崖花呢？那是因为人们游览河山的时候，无法忽视山水间的花。当年我的一位表妹指着故乡的槭叶铁线莲，问我：

二哥，这是什么花？

崖花——故乡的花。

你说话总也离不开故乡。

我在故乡长大，能忘得了故乡吗？

二哥，你在田园里长大，乐在桃花源里——那也就等于是少年之旅了，我从你的散文里能够看出来，也是从你的散文里认识了崖花。

你没认识摇果吗？

二哥，什么叫摇果呀？

我回答……

有一位来自山西的保安，我给他送过一些月饼、樱桃之类，他便在和我聊天中，与我说了一种果子——摇果。

摇果是一种什么果子？说来有点神乎其神。那保安说，摇果是长在太行山里的一种果子，摇果只有那个地方有。摇果树是长在山涧里，还是长在悬崖上？那保安也说不清。但他一再强调，摇果不同于一般的果子。摇果是喝苦水长大的，果子却是甜的；摇果的成熟期很漫长，不是一个四季就可以长大的。听说摇果要经历九十九场风、九十九场雨、九十九场霜、九十九场雪、九十九天暴晒，才能逐渐成熟起来。但是，又哪有那么容易？听说摇果往往会被各种鸟啄食、虫蛀蚀，还有可能被毒蛇、金钱豹吞了去……摇果的命运坎坎坷坷。强扭的瓜不甜，摇果是不能摘下来吃的；只有熟透了，摇下来才能吃。听说吃了摇果，人就变得聪明了、勇敢了，就青春永驻了。还听说，每颗摇果掰开来，都是一本书，人们一边品着摇果，一边看着摇果里蕴藏的一行行“真经”。这样的摇果，谁不喜欢？可谁又能吃到这样的摇果？

那保安所说的摇果，也许就是个天方夜谭，根本就不存在？但我是相信那摇果存在着的。我还把它写进了小说里、散文里。

所谓摇果，摘下来不能吃，打下来不能吃，摇下来才能吃。由此我也便想到了那个成语：瓜熟蒂落，水到渠成；还有那句话：强扭的瓜不甜。

还说什么？在这个出书难于上青天的大环境里，出版社又主动找我出书了。这就等于是让我又一次得到了摇果。

我怎么会不喜欢摇果？我生肖属猴，猴子喜欢果子，肯定更喜欢摇果。听说我是火命，也就是火猴。我这个所谓火猴，就是奔着摇果去的。但，火猴头上那团火，必须永远不熄灭，就像一盏灯，照耀着前面的路，才能找到摇果树。那摇果树在哪里？路途肯定很遥远，但火猴只要跋涉着，不怕经历九九八十一难，就会找到摇果。猴子就是为人们来找摇果的。为了找到摇果，还有什么不值得的？火猴一路找着摇果，火猴的人生之路就是找摇果的路；火猴在那么多人的呵护下，肯定会找到摇果。有人说火猴就是我，也有人说我追求的就是不一定追求得到的摇果。火猴来也，火猴想寻求到香甜而鲜艳的摇果。那摇果不就是一本又一本写满酸甜苦辣的书吗？是的，也包括这一部散文集。

又一本书，与旅游联系起来的一本书，与我的人生之路、写作之路联系起来的一本书，就要在出版社的扶持下，在不久的将来问世了。

到底什么叫摇果？世上到底有没有摇果？如果我能够得到摇果，应该先分享给凌翔主编一枚摇果，也算是一份谢意。好，花不言谢。但愿我这部散文集，也能够在凌翔主编的助推下，开花结果……

书归正传，说说这部散文集吧。

“醉翁之意不在酒，在乎山水之间也。山水之乐，得之心而寓之酒也。”“朝而往，暮而归，四时之景不同，而乐亦无穷也。”这是唐宋八大家之一的欧阳修在《醉翁亭记》里留给我们的名句。把这部集子与这样的名篇结合起来，没有相提并论的意思，而是想说明，从古至今，谁都喜欢山水和山水间的乐趣！

《脚印踏处有花开》是一部颇有特色的散文集，是游记，又非游记，更像一部人生四季的旅程。把一个小小的山村，一个个体，与祖国的大好河山联系起来，与人生的里程联系起来，与一个作家的写作路径联系起来，这是其新意所在。每一个人的生命过程，都是一个旅游过程；当然，也可以说人生是一本书，或是一个迷宫。人从生下来，实际上就开始旅游了。光憧憬没有用，你得往前走，才知道前面是什么风景。人不知道自己何时来，也不知道自己何时“去”？但人是需要不断向前走的。这所谓走，就称为旅游吧。就连《西游记》里的唐僧师徒到西天取经，那不也是一次漫长的旅游吗？贾宝玉和林黛玉、薛宝钗等，也是在大观园里来了一遭短暂的旅游。人生的四季，就是旅游的四季。李白说：两岸猿声啼不住，轻舟已过万重山——诗仙过于浪漫，而人生之旅，不一定有那么浪漫，但你得坚信：前面的风景是美好的，你得往前走；当你回头看的时候，走过的风景也是美好的，哪怕是一路坎坎坷坷，你也觉得是美好的。这一篇篇散文，就是人生的一段段过往，一次次旅游。如果你看了，随作者走过了祖国的千山万水，你也觉得是美好的，那我们就都美好了。

“醉翁之意不在酒，在乎山水之间也。”

脚印踏处有花开。

自古以来，云游四方者，大有人在。而在那个时候，交通工具是多么不发达，甚至是靠“11”路行万里路的。徐霞客，这个名字多有意思。他是一位山水间的过客，像一抹朝霞，冉冉地升起，徐徐地飘过，因而成了令后人高山仰止的游客。在他的笔下，开出了不朽的“游记之花”。

时下的人们，戏称游客为驴友。在交通工具如此发达的当下，如果有银子支撑，有勤劳的双脚，游遍世界也不是不可能达到的奢望。我本人银子有限，时间有限，所游之处不多。但和我的前辈比，我也没少出游。我的父母，一生连飞机都没坐过。他们也许不觉得这是遗憾，而我却觉得这是终生都无法弥补的遗憾。日前，有位贵州的美女导游，回复了一句令人有点伤感的话：68 岁以上的老人，就不接待了。恰好，我就到了这个“年龄界限”。看来，我这一生也许都去不成贵州了？好在，我在贵州的高刊《山花》上发表过小说，那就等于我也去了一次最美贵州吧。

脚印踏处有花开。即便脚印到不了的地方，文学的花朵也会开在远方吧。比如四川、甘肃……那也是我不曾留下脚印的地方，但我的诗文之花，也曾经多次开放在那遥远的地方。

在那遥远的地方

有位好姑娘

……

诗在远方。好姑娘也在远方。别把年龄的界限画在我面前，我的心永远憧憬着远方。

高国镜

2024 年端午节

目录

第一辑　少年之旅

第二辑　青春之旅

第三辑　八方之旅

目录

第一辑

少年之旅

少年不识愁滋味。少年哪懂得什么叫旅游？那时把旅游说成玩去或是逛山景去，那也就算是旅游的开端吧。别说是人了，即便是动物，也是到这个世界上旅游来了。上学时学过的：小蝌蚪找妈妈、小马过河、小猫钓鱼、乌鸦喝水、一群大雁往南飞……它们不都是在旅行吗？少年的我、我们，也早早地放开脚步，成了如今所说的“驴友”……

二鬼哪儿都想去

我属猴。猴的本性肯定有爱爬山爬树爬高、东张西望的一面。猴子好动、伶俐。我老太爷见我的第一面，就给我取了个二鬼的外号。这一是因为我排行老二，二是因为我透着机灵鬼的样子。当然，在有人眼里，我也是个傻小子。即便是傻小子，我的好奇心也强，尤其是对山山水水、花花草草、飞禽走兽，充满了好奇心。大人们说到什么地方，我就想去什么地方看看。刚蹒跚会走路，就想到我神往的地方去。那也就算是人生之旅的开始吧。但，毕竟人还小，腿太短，走不远。可我能走多远就走多远。

大人们说：小子爱花，大了怕媳妇。我三两岁的时候，爬到山坡上去采山花，结果把花采到手了，上山容易，下山倒难了。哆哆嗦嗦，双腿打战。没有办法，只好哭了。哭就是呐喊。于是就被大人抱下山去了。

还是不长记性，还哪儿都想去。

远山、高山，我还不敢奢望登上去。

加劲山（京西的一座小山，当地人的称呼）是离我们家很近的。我第一次去加劲山，等于是去探险。那里有个石洞，也叫石堂，听说那石堂里住过狼。那天，我就探头探脑地跑到那石堂跟前去，扒着脖子往石堂里张望：石堂里没有狼，却有几只像蝎虎子的东西，但比蝎虎子大了许多，也更丑陋、吓人了许多。那是一种山里特有的蜥蜴吗？那蜥蜴瞪着似乎是邪恶的眼睛，眼巴巴望着我。我被吓得一激灵，差点又哭了。

我对那口井也产生了好奇心。那天我趴在井台上，向井里张望。井底有一只拳头大小的、金黄色的，像青蛙又不像青蛙的东西，瞪着小眼看我。我也看它。看着看着，我又被它吓哭了。

独自去看“风景”，有点害怕。后来就和小伙伴结伴去看我们想看的东西。听说外虎坑住过老虎。我们几个伙伴便去外虎坑的虎穴找虎。初生牛犊不怕虎。

我们找到了那个住过老虎的山洞。洞里没有老虎，却有好多各种动物的骨头。听大人们说，那就是野兽吃了野生动物剩下的骨头。

距离外虎坑，有一条小河沟。听说当年那老虎常到小河沟去喝水。我们便去小河沟玩耍，但在小河沟里没有找到老虎的影子，也没有在那草丛里找到老虎的胡子、老虎的脚印。我们惊叫着：老虎，大老虎，你出来呀。

当然是大老虎没有出来。而我们这些被大马猴渐渐吓大的娃娃们，对家乡更好奇了。我们想走得更远，因为远方肯定有好玩的。

黄草梁是古长城的一部分，听说黄草梁上有七座楼，还有野韭菜、野黄花……我们就想去黄草梁，可我们的小腿还太短，小脚还太小。我们走不到黄草梁去。我们只能在北梁头上望着黄草梁，望着那里的云雾缭绕、重峦叠嶂。

距离黄草梁不远的地方，便是灵山和百花山。百花山，万丈高，还在灵山半山腰。我们想去那里，好像更不可能，但我们站在家乡的山上，即便是在六月间，也能够望见西南方那座白雪皑皑的大山。那就是灵山，北京第一高峰。

灵山、百花山……实际上，我们就属于灵山、百花山山下的孩子。我们那些村子，也属于百花山下的村子。有两句顺口溜叫：东西斋堂西胡林，上下清水小龙门。这可都是好村子。我们啥时候能去呀？

远村我们不能去。即便是我们的公社所在地沿河城，我们也是一时半会儿走不到那里去的。要去沿河城，得路过狮羊沟。狮羊沟是一条长长的大峡谷。儿时的我们，几次走到狮羊沟里去，但只走了少半段或者是一半的山涧路，我们就不敢往前走了。我们怕走远了，走不回来。那狮羊沟里悬崖绝壁，流水潺潺，山高水远。我们走在狮羊沟里，如果被天上的老天爷看见，那我们在老天爷的眼里，肯定还不如几个蚂蚁大。如果山洪下来，还不把我们卷走？我们还是先往回走吧。别空着手回去。在狮羊沟里逮几条、几十条草籽鱼，拿回家去养着，有趣、好玩。

在狮羊沟里，我们看到了骡马在石头上留下的蹄窝，还有野山羊在悬崖峭壁上留下的一串脚印……狮羊沟里有七道城子，啥叫城子？我们看不到城，出现在我们眼前的，就是那些大大小小的鹅卵石、错落有致的悬崖峭壁。听说再往远里走，快到沿河口的时候，就能看到楼了，也叫敌台。那也是古长城的一部分。

沿河城是个好地方，听说沿河城有城门，东城门、西城门、北城门……我们啥时候能够走进沿河城的城门？

沿河城是个神秘的地方。听说那里有个柏山寺。柏山寺有一座庙，建于唐朝，这也不新鲜；听说柏山寺前有一棵树，老柏树。这棵树可新鲜。说是孩子们若是爬到这柏树上去，就下不来了；能爬上去，却下不来，说是那古柏上住着神仙。我很好奇这棵树。我真想早点去看看这棵柏树。沿河城还有一棵几百年的老槐树。

我第一次去沿河城，身份是学习毛选积极分子，是一位红小兵。那次我一个人走出狮羊沟，去沿河城学校开会。那天我不光吃到了白馒头、熬萝卜片，领到了奖状，还近距离地看到了永定河。永定河波涛汹涌，真好啊。与我们在北梁头、西棍梁上看到的永定河，可是不一样。

那年我刚过 10 岁。我能够走到沿河城去了。以后我去沿河城的机会也便多了起来。有一次是去送我小舅到火车站。我把我的一只鹞鹰送给了我小舅。我提着鹞鹰，与小舅一起走在狮羊沟里。我们赶上了雨，就在石堂里避雨。我们赶到沿河城的时候，借我大哥的光，他给拦下了一辆去往沿河城火车站的解放牌汽车。我小舅便搭乘那汽车，到火车站去。我是不能去火车站的。我小舅提着那鹞子的笼子爬上车的时候，回过头来，给我抛下来两元钱。我捡起那两元钱来，想还给我小舅，可那解放牌汽车已经走了，小舅在车上向我摆手。在那一刻，我快要哭了。我不光是想我小舅，还想那只我养了一个多月的鹞鹰。我想道：早晚我要用这两元钱当路费，去城里看我小舅，还有我的鹞子。

以后我们去沿河城的机会，就多了起来。多了起来可不是去旅游，不是去观光，也不是去看柏山寺、戏台、大槐树、永定河……我们也顾不得看那些“景点”。我们去的目的是卖兔子。那几年家家户户养兔子。每月 13 日，沿河城收购站收购兔子。那天，我会背着一篓子、好几层（所谓层，就是把一个荆篓用木棍隔成多层，把兔子分别放在隔栏上）兔子，沿着狮羊沟，走到沿河城去。这一路上，泉水哗啦啦地流着，声音好听，泉水也好看；不好听、不好看的是，那兔子时不时就会撒尿，兔子的尿顺着篓子流下来，就流到了我的脊梁骨上、我的裤子上……人的裤子被兔的尿液湿透了，很狼狈、很埋汰的样子；那样一副样子，进城门的时候，我是个什么心情和样子？当然，把兔子换成票子，我就是个好孩子。这时候哪还顾得去浑河边看风景？如果舍得票子，买半斤江米条，犒劳犒劳肚子，赶

紧往家赶，那就是满载而归的样子了。赶回去的第二天，往往不一定是去上学，很可能是去采药，还要喂兔子。

在西棍梁、北梁头采药，也是可以顺便旅游观光的。在那山头上，可以看到远处东西南北的风景，也可以看到沿河城、永定河、丰沙线的列车。虽然遥远，也是会一饱眼福的。去马步登台采药，也等于是去旅游。马步登台有一片好大的落叶松的松林。我们把那松林称为林海雪原。我们在那林海雪原里唱着京剧：

穿林海跨雪原气冲霄汉……

挺有意思。看到那松林里野猪出没的痕迹，听到那野鸡呱呱叫的声音，也挺有意思。至于我们把头颅大的苤蓝疙瘩投进那个据说是有龙在里面的银洞里，我们就更感到那是好大的乐趣。

就是那样，少年的我们，那个叫二鬼的我，在我们的家乡摸爬滚打的时候，也享受着一种旅游的滋味。

我们去南山采蘑菇，看到了白桦林；在白桦林里捡到几根松鸦的羽毛，或者是看到一窝松鸦、一窝大山串……那是乐在其中的事。

我们把所有干的活，都看成一种旅游。我们在“旅游”中长大。

西旮旯——我童年的乐园

在我老家房屋西侧那边，有一处小小的地方叫西旮旯。西旮旯不大，却是我的一个好大的乐园，那里的每一棵树，都像是长在我的心田。

我在西旮旯整了一片地。我就叫它小地。地小，却也是种瓜得瓜，种豆得豆。我不到三岁，就学会了种地，还学会了嫁接。我把花大豆种在地里，待那大豆的苗拱出土来，还没有直起脖子，就把那豆角的弯脖儿，用小手掐掉，将一粒黄瓜籽插进那豆角的秧苗上。之后我就天天去看，很快，那黄瓜籽便发芽了。渐渐地，它就长叶、探出藤蔓来，后来就开花了。这就是我高超的嫁接技术。那豆角和黄瓜嫁接在一起，结出来的果实又像豆角又像黄瓜。像豆角但比豆角大，像黄瓜又比黄瓜小。这样的果实吃起来有黄瓜味，更有豆腥气。这是我的发明。可嫁接 10 棵也不一定能够成功一棵，但这很有趣。

西旮旯的大核桃树挂满了核桃。我每年都要用铁丝或线绳，拴在几颗青核桃上，勒得紧紧的。我希望这核桃能够长成所谓的双子核桃，长成丫丫葫芦的形状。这很好玩。可往往不知道在哪一天，我去观察那被束缚着的核桃时，猛长的核桃就把铁丝和线绳撑崩了、撑断了，只留下了一道痕迹。也有实验成功的。可在秋后把那核桃摘下来，去掉皮，结果并不理想，并没有变成实实在在的双子核桃，或者丫丫葫芦。

西旮旯有一棵好大的桑树。每当端午节我的生日时，那桑葚就成熟了，就招来一对小黄鹂，一唱一和地叫着。它们叫声的谐音像是：

吃了桑葚红屁股

啊……

黄鹂不光是到桑树上去对歌，它们主要是去吃桑葚。我若去轰它们，两道金光一闪，它们便飞向了瓦蓝的天空；可很快两道金光又一闪，它们又飞回到桑树上来了。

父亲在端午节早上，摇落或打落树上的桑葚，让我去捡。那就是我的生日礼物。那紫红的桑葚，甜酸甜酸的，香。那天父亲又给我摘了半葫芦瓢桑葚。

西旮旯更多的是杏树。杏花要开了，我会很不老实地撅下几枝长满花骨朵的花枝来，拿回家去，插到罐头瓶子里，放在板柜上，也好看着它渐渐地开花。杏花结出了青杏。那天我发现那杏树上有好几只馋嘴、贪吃的松鼠。我惊叫着，把它们轰跑了。有一只跳下树来，蹲在地上，回头望着我，又站起身来，捧着小爪，就像小孩子捧着小手，在向我作揖，还点头哈腰的。四条腿的松鼠用两条腿站在小路上，那姿势很乖巧，却吓了我一跳。

西旮旯的花也不少。榔头花开，瞎虻飞来。榔头花就像一个小榔头，紫色，长得结结实实。瞎虻落在花瓣上。有时候我们把榔头花揪下来，追打着那瞎虻。还有老鸹扇子花。那叶子像老鸹尾巴上的羽毛，那花是白色的。还有山丹花。山丹花的花蕊能把白蝴蝶的翅膀染红，也能把我们的小手染红。那次我采了很多山丹花，生吃了不少山丹花的花瓣，甜丝丝的，口感挺好；用铁勺子炒了几小把山丹花的花瓣，口感也不错。我还把那山丹花疙瘩挖下来，烧了吃，也挺香。我还在那里挖来鬼子姜。鬼子姜可以腌着吃，也可以烧着吃。

西旮旯那边还有槐花，雪白的槐花。人们叫它洋槐花。槐花充满了香气。

西旮旯还有一棵臭椿树。这棵臭椿树的树干上，有一种黑白花的昆虫，人们叫它“死死活活”。这虫子爱装死。看着它死了，其实它没死。你一松手，它又飞出了你的手心。它很狡猾。

西旮旯还是猪的天下。那里有好几个猪圈，猪圈里当然关着好几头黑猪。那肥头大耳的黑猪，总是爱哼哼着要泔水吃。它吃泔水，人们是为了吃它的肉。猪肉当然是最香的肉。

西旮旯还有葫芦架。葫芦开花，满架都是白色的小喇叭。入夜，有一种叫扑楞蛾的蛾子，像蜂鸟，会飞到葫芦花上去，伸着长须，将那须探到花蕊里去。孩子们叫着：

扑楞蛾，扑楞蛾

喝酒来……

那扑楞蛾好像听从我们的召唤，一头扎到葫芦花上的花蕊间去了。我们赶紧用小手一捏，就捏住了那扑楞蛾，它就在葫芦花上转磨，想飞又飞不走，急得团团转。它就休想逃离了。当然，如果我一松手，就把它放飞了。那情景很好玩。

每次我都想拿着那在花朵和花蕊间挣扎的扑楞蛾，让姥姥去看。

爷爷教我认识山

小东宫开门见山，四面八方都是山。我认识那些山、知道那些山名，大多是爷爷教给我的。爷爷等于是指着山，让我“看图识字”。在小东宫的西南面，矗立着一座好大的山。那山连绵起伏，有高的有低的，最高的那座山，爷爷告诉我那叫红金坨。从不同的角度看红金坨，那是不一样的。像金字塔？像天坛？甚至说像天安门？像一把宝剑？爷爷还说，红金坨那可是一座金山哪。为啥叫红金坨呀？因为红金坨上有三件宝啊。

爷爷便如数家珍地说：

金镐露着錾

金鸽露着蛋

金锅露着沿……

爷爷说到这里，停顿了一下，说出了一句让我失望的话——就是谁也看不见。

我天真地问：“爷，我能够看见那三件宝吗？大人们说我眼尖。”

爷爷笑了：“嘿，爷倒是希望你的眼睛能够看见那三件宝。可红金坨何止是三件宝？红金坨满山都是宝啊。名曰红金坨，肯定与金有关。爷给你说一串关于红金坨的谜语，不知道你能不能猜到指的是什么？”

我说：“爷，你说吧。”

爷便说出一段有趣的顺口溜来：

金屋冒着烟儿

金山托着天儿

金墨拐着弯儿

金笔露着尖儿

金鸟露着蛋儿

金兽撒着欢儿

金锅露着沿儿

金镐露着錾儿

金盘大无边儿

金星不见边儿

金叶落无边儿

金花开无边儿

金洞住着仙儿

金鸡露着冠儿

金果甜又酸儿

金枝托着脚丫儿……

爷一气说了这么一大串。我的小脑瓜儿不断地在转，我的小手指不断地在盘算，我的大眼睛不断地望着红金坨，想着这谜底。

爷以为我答不上来，可我还是把不一定准确的谜底说出来了。

金屋冒着烟儿——金屋是不是指的红金坨？冒着烟指的是天上的云彩；金山托着天儿——金山指的还是红金坨，红金坨托着天；金墨拐着弯儿——爷，金墨是不是指的山下那一湾泉水？金笔露着尖儿——是红金坨的山尖儿，也像笔尖儿；金鸟露着蛋儿——那就是红金坨上的鸟蛋儿；金兽撒着欢儿——就是指红金坨上的野兽吧？金锅露着沿儿——是说咱们红金坨山下的人家，家家都有锅吗？金镐露着錾儿——是说咱们红金坨下的人，家家都有镐吗？金盘大无边儿——指的是太阳；金星不见边儿——指的是星星；金叶落无边儿——指的是树叶，秋天的树叶；金花开无边儿——指的是山上的花，黄花、菊花，都是金色的；金洞住着仙儿——金洞指的就是红金坨上的山洞吧？太阳出来，把那山洞照得就像金洞，还传说山洞里住着大仙儿？金鸡露着冠儿——那就是鸡冠子棱了；金果甜又酸儿——是说的红金坨上的各种果子；金枝托着脚丫儿——是说人们上树摘果子……爷，我说得对吗？

爷听到这里，好像傻眼了。他直瞪瞪地望着我，许久才说："国，你是个神童吧？咱们高家门上，是不是要出个秀才呀？还是刚才这一套，你姥姥已经教给过你了？"

我说："爷，不是我灵，是红金坨好；我一看见红金坨，就有了这些谜语的答案。我姥姥也教过我。"

爷爷很少有地抚摸了我的头发一把，又望望红金坨，说："是啊，红金坨是一个宝藏。那里有上百种飞禽走兽，包括金钱豹、金雕；上百种树木，白桦树、山柳、紫椴等；上百种药材；上百种野花。那里的野玫瑰，有颜色金黄的黄玫瑰，还有类似于墨色的黑玫瑰。那里的野果子不计其数。当年我到那里去摘青枣和山葡萄，在那青藤缠绕的'长廊'里，被那一嘟噜一串的累累果实迷住了。"

我说："爷，大了我也去红金坨摘野果子。"

爷说："嘿，红金坨看着不远，走起来，大半天也走不到。在咱们小东宫看，红金坨的山尖好像是不大，可要到了跟前，那红金坨的顶峰比咱们村的好几个场院都大。"

我问："爷，听我姥爷说，站在红金坨尖上，能看见北京城的灯光，是吗？"

爷说："是，那得晚上。"

我说："爷，那北京城的人能够看见红金坨吗？"

爷又抽着烟说："嘿，能看见，那得在早上，我估计呀，北京城里的人也能看见红金坨的霞光，还能看见鸡冠子棱的霞光。"

我赶忙问："爷，鸡冠子棱在哪儿？"

爷用手指着红金坨一侧的那座像一排鸡冠子的山峰说："那就是鸡冠子棱。你看，像不像鸡冠子？鸡冠子棱和小红金坨是红金坨的左膀右臂，紧挨着红金坨的那座山峰，是不是太像一排鸡冠子了？"

我就站起身来，遥望着爷爷所说的鸡冠子棱。

听爷爷说，黎明，第一抹朝霞首先把那山峰映红了，那山峰就更像红艳艳的鸡冠子了；黄昏，那一轮夕阳移动到鸡冠子棱的一侧，那山峰沐浴在夕照里，更像是一只雄鸡的鸡冠子，像一块鸡血石。在秋色里，层林尽染，那“鸡冠子”就更显得壮观。那“鸡冠子棱”让那里的山民看到了曙光，看到了希望。一座山是可以给山民带来希望的。

爷爷说起红金坨来，津津乐道，如数家珍。爷打着火镰，抽着旱烟，说着红金坨的来历。爷爷说：“咱们的红金坨，也属于太行山，太行山在多少亿年以前，听说在六亿年前是一片汪洋大海。”大海咋就变成了高山呐？我一直也想不明白。那要是山变不成大海，咱们那就是大海边上的人了？那样的话，咱们就不用打猎，就得打鱼了？咱们就不用爬山，就得游泳了？咱们就不用背篓子，就得划船了？那倒有个意思。可这大海就变成了大山。听说大海的浪头，那是白浪滔天的，咱们的红金坨，是不是就是一个好大的浪头啊？那大大小小的山头，当年是不是都是浪头啊？你爷没见过大海，不知道浪头有多大。不过呀，感觉着还是在大山里待着稳当、踏实。你看那红金坨，那才叫稳如泰山吧？多好。”

我又问：“爷，听说红金坨上有很多鸟，是吗？”

爷说：“林子大了什么鸟都有。红金坨上的鸟当然多了。谁也不知道红金坨上到底有多少鸟？我是见过红金坨上的不少鸟的，那里有勺鸡、角鸡、褐马鸡，还有红隼、燕隼、松雀鹰、银喉长尾山雀、山燕、山鹰、雀鹰、鹞鹰……其实都算老鹰，还有老雕。你说老鹰厉不厉害？上天入地的，好像谁也惹不起？可有一种特别小的鸟，叫必胜鸟，它就敢落到老鹰的头上去、身上去，敢和老鹰较劲，敢撕扯老鹰的羽毛，甚至血肉吃。这必胜鸟这么小，敢惹老鹰，所以说，身大力不亏也不一定就对。小人和小鸟也有不好对付的。”

听着爷说这些我就觉得不吃饭也不饿了。说完鸟，爷还说到了花花草草，花花草草又与动物联系起来了。红金坨上到底有多少花花草草呢？爷随口就说出了一些好听的花名：太平花、八仙花、绣线菊、蓝荆子、映山红，还有铃兰、胭脂花、鹅观草、毛苔草、凹舌兰、珊瑚兰、紫斑杓兰、大花杓兰、小花火烧兰……哪种花也不难看。我估计呀，因为太行山还叫王母山、女娲山……这名字不会是空穴来风，那王母娘娘、女娲是不是在咱们太行山里住过，在红金坨上走过？王母娘娘和女娲都是女的，女人爱花呀，红金坨上的花是不是她们种下的？

我还没笑，爷就自己笑了。爷说："咱们的红金坨了不起呀，连王母娘娘、女娲都来过。"

我说："爷，红金坨那么好，您啥时候带我去呀？我想去红金坨上找三件宝，还想在红金坨上碰上王母娘娘和女娲。"

爷爷大笑着说："你这个傻孩子，还想去红金坨上找三件宝？那可不好找啊。至于王母娘娘和女娲，我估计早变成了两只鸟，飞到远方去了。"

我有点失望。但我还是说了一句："爷，等我长大了，一定要到红金坨的山顶上去看看。"

在北梁头看日出

海对于少年的我们，很是遥远。儿时爱在白纸上画大海，总要画一轮红日喷薄而出。但我没有看过海上日出。大人们叫太阳或者日头老爷儿。比如说：老爷儿出山了、老爷儿红山尖了、老爷儿照屁股了……当然了，老爷儿就是太阳。太阳天天照耀着我们，但太阳到底是怎么出来的，我们却没有看见过。而在那年的那天早晨，我们却看到了日出的景象。我们是在北梁头第一次看到日出的。

北梁头是我们家门口的一座山，那山屹立在村庄的西北，人们就叫它北梁头。

北梁头可能是天底下看太阳最好的地方了。那次我们几个伙伴，起大早去北梁头下套子，下套子是为了套兔子。无意之中，我们就看到了太阳从那边升起来的景象。

站在北梁头上，忽然发现遥远的地方很红很红，那红的就是朝霞。那太阳起初就隐藏在朝霞里，后来就慢慢地出来了。我们就眼巴巴地望着那太阳，冉冉地升起。我们激动得想喊，但又不敢喊，怕把太阳吓回去。我们就盯着那即将出升的太阳，眼睛都不敢眨巴一下。

在北梁头看日出，不但有诗在远方的感觉，还有诗在眼前的感受。那太阳是从那个叫东梁头的地方升起来的。东梁头的日出，或许有别于其他地方的日出吧？朝霞染红了半边天，映红了远山近岭的山峦。那一轮太阳尽管满怀热情，却不像一个急性子的娃娃，腾地一下就从山那边跳出来了；那太阳更像一位羞涩的少女，她并不急于闪亮登场，也不想过早地显山露水，也许她想再好好地打扮和化妆一番，多给人留点期待和悬念再露脸。她的脸真是少女的脸吗？犹抱琵琶半遮面。那朝霞像是她的纱巾，也或许是红盖头？她的脸还被包裹着，包裹在那一片锦绣之中。后来她就露出了一个金边，不过发卡那么宽细的一条金边，再后来这金边就逐渐地扩大，从一轮月牙那般，再渐渐地放大，变成半个圆，多半个圆，直到整个圆。面如满月的脸，当然是好脸；面如满月的脸，透着丰满和好看，泛着红晕，那就是一张少女完美的脸了。这少女的脸，款款地、冉冉地升起来，慢慢地升起来，一点也不急躁。那日头彻头彻尾露了头，又像一个红气球。她不急于放出光来，不知道她是在看别人，还是想让别人多看一会儿她。她就那么大大方方地挂在那山垭口里，像是和什么人捉迷藏似的。我们几个伙伴，可是有点急不可待。我们扬着头，都在望着她。透过白桦树的树梢的缝隙，远远地望着她——旭日。

她忽然就刷地一下，射出千道万道金光来。那金光像是从她的满腔热血中射出来的——当那金光四射的时候，她的脸便不再红晕滚滚。那旭日似乎成了一轮白日。这时我们还觉得不过瘾，还想接着再看一次日出。可那日出一天只有一次，我们再想看她的时候，她好像就不想让我们看了。我们再看她，她就很刺眼了。她照耀着我们，却好像不在乎我们；她也不在乎我们看她，好像我们只要在她的照射下干活儿就行了，不用去管她。但我们还是惊呼着：日出，我们看到日出了。我们在北梁头看到日出了。

于是我们那一天的生活，也便在太阳的照射下开始了。我们是去看套子的，想套着兔子，野兔子；但不一定能套着兔子，不管能不能套着兔子，我们还是要各自弄一捆柴火背回去的。

日出真好啊。明天我们还想来看日出。看日出就要起大早，明天我们还起大早来北梁头看日出。

看日出，是早上的事；看日落，当然是黄昏的事。什么叫一天？就是我们站在北梁头上，看着日出从东梁头升起来，然后又从红金坨落下去吗？我们曾经想过，什么也不干，就站在北梁头的山头上、枝头下，就看着旭日从东梁头升起来，直到在红金坨落下去为止。这就是一天。

至于在北梁头上看日落，比看日出似乎还壮观。红金坨就像金字塔那般，是让人叹为观止的一座山。那一轮夕阳就在红金坨的山嘴里逗留着，像一个红色的气球，但这气球不会在那山头久留，她在那里晃来晃去，飘飘悠悠。然后她便像是拿着一抹晚霞，与我们招一招手，有点恋恋不舍地滑落下去了。夕阳落下去了，明天朝阳还会出来。

这个世界是我们的。夜晚，当家家户户的一盏盏煤油灯被点燃后，当我们进入梦乡之后，我们也许又会梦见在北梁头看日出的那一刻。那一刻真美呀。

我们看着北梁头的日出日落，渐渐长大了。

不让天狗吞月亮

月亮在晚上出来，却比太阳大方，好像在哪个地方，都能看到月亮升起来。月亮能够在山头上升起来，也能在树梢上升起来。看月亮升起来就不用到北梁头去了，即使在房前屋后，也能看到月亮从那边钻出来。

夕阳有时候像是落进了白桦林里，而月亮有时候却像是从白桦林里升起来的。月亮在白桦林里出升，又从白桦林里落幕。月亮就是白桦林里的一位仙女呀。不，我们还小，不应该把月亮比喻成仙女。不过，我们从小就听仙女的故事。

月亮里的仙女就是嫦娥。月亮里还有玉兔。当然了，我们这些孩子可不敢，也不可能到月亮里去掏玉兔。而山上的野兔，当时当然是可以随便套的。

太阳和月亮哪个好？都好。白天是太阳好，晚上是月亮好。星星当然也好。夕阳也挺好。在我们看月亮升起来之前，有时候我们也看夕阳落下去的景象。当然，我们这些孩子，好像觉得月亮更神秘。

看月亮不用到北梁头上去，站在村头就能看美好的月亮从那边升起来。看金色的、银色的月圆月缺。不赖。大人们管那叫望月、赏月。从像香蕉一般弯弯的月牙，直到诗人所写的玉盘一般的满月，每个晚上的月亮都不一样，都值得一看。我们看不见月亮里的嫦娥、吴刚、玉兔、桂花树……可我们想看到，也坚信那月亮里有我们想看到的景象。

月亮真好。我们这些伙伴还做过一个游戏，就叫“猴子捞月亮”。那月亮倒映在水井里，我们试图把月亮捞上来。可谁能把月亮捞上来呀？我说：“咱们用水桶把月亮捞上来吧。”于是我们打上来一桶水，那水桶里果然有一轮月亮。

我们最不愿意看到的是月食，也就是所谓天狗吞月亮。每当出现月偏食、月全食的时候，可就忙坏了我们这些山里的孩子。

月食被山里人称为天狗吞月亮。看到月食，山里人爱用一种击打金属器皿的方式，驱赶“天狗”。那天晚上，我们赶上了一次月全食。那无情的黑色，就要把那一轮皓月吞噬。当“天狗”就要吞月的时候，我们敲响了锅碗瓢盆，当当当当……那声音响彻群山，也像是要响彻云霄。

“天狗”被我们那些此起彼伏的“打击乐”，赶出了月亮。月亮显得更明亮。我们望着那一轮月亮，感觉这世界都是明亮的。

看山看水学拼音

上小学一年级的时候，王老师带我们学汉语拼音，开始觉得那些字母很没意思，后来发现，那些字母实在是有意思，因为王老师让那些字母形象化了。王老师是指着教室窗外的山山水水教我们学拼音的，这可就太有意思了。

g，就这一个字母，王老师就把我喜欢的东西搬了出来，那就是鸟，具体说就是鸽子，鸽子的鸽。说鸽子的鸽也没有趣，王老师又提到了金鸽子，提到了金鸽子石堂，提到了石堂沟子的金鸽子石堂。一提到那金鸽子石堂，好多同学的眼睛里好像都放出了金光。

金鸽子石堂就在学校斜对面的北山坡上，我们坐在教室里就可以望见那个金鸽子石堂。说石堂，实际上是两个比碗口大不了多少的石窝窝，传说那就是两个金鸽子窝。因这金鸽子窝的传说，我感到了那石窝窝的神秘，不禁神往。据说那两个小石窝窝，当年里面住着一对金鸽子。有个南方人发现后，便想得到那对金鸽子。后来他用锤子和錾子，就想把那金鸽子掏出来。但前提是，必须一气呵成一鼓作气一连在那石头上凿一百下，分秒不能停，可凿到 99 下的时候，那南方人实在累得够呛，便叹息了一声，而就在这一声叹息中，秃噜噜，一道金光，两只金鸽子都飞走了，据说是飞到红金坨上去了。聪明的南方人一声叹息。不知道他是不是想到了那两句诗：

黄鹤一去不复返

白云千载空悠悠……

金鸽子飞跑了。只留下两个石窝窝，或者说石洞，或者说是鸽子窝，金鸽子窝。

金鸽子为什么飞了？

金鸽子飞到哪里去了？

就是这么一个汉语拼音的 g，就引出来这么一个故事、一个传说。王老师问同学们：“金鸽子为什么飞了呀？”

同学们就回答，说是那掏金鸽子的人，没有耐心，没有一鼓作气、马不停蹄的精神，中途停了下来，就把金鸽子放飞了。

王老师又问："金鸽子飞到哪里去了？"

同学们又回答："金鸽子飞到红金坨上去了。"

后来，王老师又接着说："红金坨的形状像一个什么字啊？"

我很快就说："红金坨像一个金字，红金坨就是咱们这里的金字塔。"

王老师很高兴，说我很聪明，还知道世界上有金字塔。说着金字塔，王老师又说到了金鸽子，又说到了汉语拼音 g……王老师强调说："g，g，记住这个 g 了吧？"

同学们都说记住 g 了。

王老师接着教我们学 k，他指着不远处的一块大石头，那个大石头的形状就像一个 k，说："那个大石头是不是像一个 k 呀？对了，很像 k。咱们哪，走路一定要注意安全，不要跌倒，不要磕着；磕在石头上，那可就不好说了，会磕个大包，甚至会磕流血的。记住了，这个字母念 k，磕头的磕。课堂上可不许打盹儿、磕头啊。"

同学们都坐得笔直，听着王老师讲课。

讲到了 h。王老师说："h 好记吧？大家都会喝水，天天要喝水，这个字母就念'喝'。你们看，它是不是像张着嘴要喝水的样子？在咱们的山脚下，有一条小河，就叫小河沟，小河沟里有鱼在喝水、鸟在喝水，听说当年老虎还到小河沟里喝过水……乌鸦喝水的喝，就是这个音，h……"

王老师这样讲课，我就觉得太有意思了，所以听得特别认真。尤其是王老师讲到字母 m 的时候，他打开了一扇窗户，让我们往外看。我们顺着王老师手指的方向，把目光投向差不多就在我们对面的山坡上长着的那一溜大石头上。那一溜大石头，像一溜石门。王老师说，那石门，真的像汉语拼音字母 m。

学汉语拼音的时候，王老师像是带着我们去旅游。

西棍坨的狍子“鹿回头”

12 岁的我，陆续用铁丝套套到了几只野兔子；15 岁的我，已经不满足于套兔子，想套狍子。于是在那天，我便拿着一个套子，奔了西棍梁，那自然是奔狍子去的。听说西棍梁狍子多。

套狍子的套，就是一截 8 号铁丝。把 8 号铁丝的一头拧一个小圈，可以说是一个小环，然后把铁丝的另一头穿进那个小环里，这就形成一个套子了。把这样的套拴在狍子出没的地方，狍子就有可能钻进套，只要是狍子钻进了套子，就会挣扎，而越是挣扎，铁丝套就勒得越紧，就会把狍子套死。这也是听大人们说的。

早起的鸟儿有虫吃。那天一大早，我就把那个铁丝套系在我的怀里，偷偷地上山去了。西棍梁是一座很大的山。离我们家也挺遥远。西棍梁的山形像一个长长的马背，而那马背一侧的一座山名叫西棍坨，就像个大马头，翘首在蓝天下。那天我一个人到了西棍梁上，打算把套子下到西棍坨上去。以往采蘑菇、刨药材，我到过西棍坨。在西棍坨上，我见过太多的狍子的蹄印、狍子的粪便，我还在那山上捡到过一根狍子犄角。我知道那山上有狍子，所以我就打算把那套子下到西棍坨上去。

西棍坨上的树叶绿油油的，但也有星星点点的叶子是红色的。景色挺美。我站在西棍梁上，望着西棍坨。忽然，我发现一只狍子就从不知道什么地方钻出来，出现在我眼前了。少年的我，眼神特别好。尽管那狍子在密林深处，距离我也不是太近，但我看那狍子，却看得清清楚楚。那是一只公狍子，因为它长着两只分叉的犄角。狍子的皮毛在夏至后就变红了，棕红色或者叫褐红色。而那一只狍子，它的皮毛显得更加红艳，比红牛犊的毛还红。而它的屁股上，却是一片白毛。它的尾巴并不长，因而更显得那臀部的雪白。显然，它是被我惊起来的。所以我发现它的时候，它已经奔跑一阵子了。

狍子又被称为草上飞，奔跑的速度是极快的。据说猎人打中它的时候，刹那间它还能蹿出50米远。有人说傻狍子，其实狍子并不傻，挺机灵的。

那是我第一次亲眼见到在山上奔跑的狍子。我本以为那狍子会很快在我眼前消失，可没有，它给了我足够欣赏的时间。它先是向山坡上跑了一阵，可很快就停了下来，回头望着我，瞪着那么大的一双眼睛。那也许就叫鹿回头吧？它回头的姿势，当然是很美的。它就那么回望着我，像是与我相看两不厌的意思；或者说是想与我说点什么，也或者就是想驻足看看我，看看我是个什么人，或者说我是个什么东西。

也许是太惊喜了，见了那狍子，我不由得惊叫了几声：狍子、狍子！

狍子分明是听见我的呼喊了，它便加快脚步又向山上跑了一阵。狍子给我留下了一个美丽的背影——有着雪白皮毛的臀部。但很快它又站住，再次回眸望着我。我怎么就不好好地望望它哪？我居然又拍着手，惊叫着：狍子、狍子……

那狍子便又向山坡上走去。应该说是走去，不是惊慌失措地跑。它的神情显得很泰然自若，它似乎并不怕我。它甚至是有几分款款地、一步步向前走去，但走那么一会儿，它就又停下来，回过头来望着我。我也目不转睛地望着它。我能够望见它的大眼睛充满了对我的好奇。青少年的本性。我还是又拍了几把大腿，有意吓唬它，它便又向山坡上走去了。它的后腿很长。它上山的姿势显得潇洒和优美。在那万绿丛中，流动着那么一只红色的狍子，真是梦里都不曾见过的风景。太美了。

那狍子又停下来了，回头望着我。它也许知道我还想望着它，所以它才给我来了个华丽转身鹿回头。

这一次我和狍子对视了好久。可我那两只淘气的脚，又不由得在树林里跺了几下，还叫了几声：嘿、嘿、嘿，狍子……

狍子就又转身向山顶走去，也就是向那个西棍坨的山峰上走去……此间它又几次停下来，眼巴巴回望着我。

我也凝望着它。恋恋不舍。

这个过程持续了应该有一刻钟左右。后来那狍子就一直走到山顶上去了。这回它在山顶上停下来，又回头望着我，这回我也不呼唤了，也不拍手了，也不拍大腿了，更不跺脚了……我只静静地望着它，它也静静地望着我。

它那美丽的身影，它那美丽的犄角，它那红色的皮毛，它那白色的臀部，它那庄重的神情，它那坦然地面对我的表情，它那动人的大眼睛，它那修长的腿……那个时候，那只狍子正好沐浴在晨曦中。它像被镀了金一样，变成了一只金色的狍子。它太漂亮了。

然而，那真只是一瞬间。它在山顶上停留了那么一会儿，就不再看我了，闪身就钻到山那边去了，一下子就从我眼前消失了。我再想看也看不到它了。我在那里站了很久，再不曾见“鹿回头”。我腰里的铁丝套，“啪嗒”一下落在了地上。

我本打算把这铁丝套下在西棍坨，套一只狍子回去的……可看到了那只狍子后，我套狍子的念头就打消了。那只狍子太美了，我不想让它钻进我下的套子，进了我家的肉锅。我想象得出，那么美丽的狍子，如果钻进我下的套子，会怎样痛苦不堪、绝望地挣扎。那狍子会不会流泪？会不会还有小狍子等着它？想到这里，我舍不得把它弄死，我想留着它，让它回归山林里，以后也好再让我看到它。所以，我改变了主意。

我没有把那铁丝套下在白桦树下，而是把那铁丝套挂到了高高的白桦树上。在那一刻，我在白桦树下捡到了一根狍子犄角。狍子属于鹿科动物，犄角是会自然脱落，再长出来的。手里拿着那狍子犄角，我寻思着：那是不是刚才那只红狍子去年脱落的犄角？

我拿着那狍子犄角，回家和大人说什么呢？

想了想，就那样说吧：我要是想套狍子，我就把狍子背回来了。可我不想套狍子。我想看着狍子在树林里跑。看着狍子在树林里跑，狍子还回头看着我，比吃狍子肉还过瘾。赶明儿我还去西棍坨看狍子，看狍子真有意思。我不告诉别人西棍坨有一只大红狍子，我怕他们下狐夹或下套子把狍子夹住，吃了狍子的肉……

那只大红狍子，仿佛还回头望着我，我也还想望见它。从此它一直在我的脑海里驻足、奔跑，一直回望着我……

碣石有棵大槐树

1967年开春，我尚不足11岁。我第一次出远门。出门是为了看我在我二姑家养病的爸爸。那年，我爸病了，四处求医，药也没少吃，病情总也不见好转。后来远在青白口碣石村的我二姑捎来口信，让我爸到她家住些日子，她们村有个老中医，姓李，医术极为高明。后来我爸就去了碣石村，住在我二姑家，让那个李大夫给我爸看病。那李大夫打包票，说是吃他几十副草药，一定会药到病除。好心眼的二姑便天天给我爸煎药熬药，让他一碗碗地喝下那些黑乎乎的药汁。

把我爸撂在二姑家，天天麻烦人家，还在人家吃吃喝喝。我妈和我说应该去看看，答谢答谢我二姑他们。后来我们便选了一个日子，准备了一篓子东西，去碣石村。

那天我和我妈早早地起来，都穿上了还算体面的衣服，鼓捣了一大篓子东西，主要是五谷杂粮，还有一些山药干、葫芦干、桃干之类的东西。“这一篓子够沉的了。”说着，我妈又往篓子里塞了两瓶杏仁油，才又说，“差不多了，等到了沿河城，再买点东西。”

打点好后，我就背着篓子，和我妈一起出发了。走了一段路，我妈说让她背一会儿篓子吧。我说我背着吧。

就那么走着走着，才落脚到狮羊沟里。距离我二姑家，也就算是刚迈出了第一步，还有好长的路需要走。好在狮羊沟里的路，还算是平坦的。一河筒的冰刚融化不久，泉水哗啦啦地流着，特别清澈；水底有游来游去的草籽鱼，有小蝌蚪、五颜六色的石子，有特别绿的被我们称为水菜的植物，还有一种水木耳，我们叫它水菜。在这样的泉水边走着，我也不感到背上的篓子有多沉重了。

我说：“我二姑嫁到了碣石，这么远的山路，二姑是自己走过去的吗？”

我妈说：“你二姑大长腿，能走路。可她出嫁的时候，还是骑着大白骡子走的。”

听说我二姑家的房边上，有一棵好大的槐树，那大槐树都几百年了。

我便冒出了两句："碣石有棵大槐树，树下住着我二姑。"

我妈说："国，你这话说得不赖。你二姑听了，准得高兴。你二姑是个痛快人、热心人。唉，要不是实在亲戚，你爸在人家家里头，谁待见一个病人呐？"

说着走着，我和我妈轮流背着那一篓子东西，走了20多里山路，总算是到了沿河城供销社。走进供销社，装了两个点心匣子，还买了两包冰糖和水果糖，又买了几筒挂面。

东西买齐了，打点好了，又背着篓子开始出发了。这回就要走纯粹的上坡路了。走了半个多小时，回头望着永定河，河就在不远处的脚下，我和妈却口干舌燥的，想喝水。发现了一口井。那是我第一次见到那种极深的辘轳井。井台上有一只水桶，挂在绳子上。我妈便将那水桶顺进深不见底的井里，摇着辘轳，把井绳和水桶顺了下去，摇上来了半桶水。我与我妈都喝足了用辘轳摇上来的水。

我们继续赶路。过了东岭，还要路过一个叫苏子岭的地方，上坡路就基本走完了，就快到碣石我二姑家了。

果然是喜鹊叫，客人到。我和我妈终于打听着道，到了我二姑家。

二姑家给我带来了太多的乐趣，因为二姑家住在一棵大槐树下，十几户人家都被笼罩在那大槐树下。那棵大槐树上搭着七八个喜鹊窝，从早到晚，都有喜鹊在树上飞来飞去、蹦来跳去，嘎嘎地叫唤。总像是要有喜事来临似的。那棵大槐树很有意思。我二姑家的大门楼，也是我没有见过的。那样的门楼、那样的门道、那样的门，应该是地主家的大门楼似的。可进门后才知道，我二姑家的日子不是地主过的日子。但是那几天，我们应该是过着比地主还好的日子。二姑不断地叫着我妈嫂子，叫着我大侄子；二姑家的孩子们不断地叫着我妈妗子。一家人都对我们格外亲热。

见了我爸，我问我爸："病好些了吗？"他说："好多了。"我说："这次还不跟我们一块儿回去？"他说："还得吃个把月的药，还得扎针。"

我妈见我爸的病情好转了，面色也挺好的。我妈就对我二姑说："妹子，可给你们一家添麻烦了。"

二姑说："嫂子，一家人不说两家话，谁跟谁呀？我俩哥，大哥牺牲了，就这么一个小哥了。小哥有病了，在我家养养，还不应该？嫂子，我娘死得早，我小哥可没少帮着我爹拉扯我们姐几个。”

一家人就这么亲热。

头一顿饭吃得不赖。头一宿觉睡得挺香。那么多人，都躺在一盘大炕上，睡觉也睡得不赖。即使在夜里，大槐树上的喜鹊偶尔也会发出叫声。那月牙好像就挂在大槐树上。

睡觉前，我二姑还特意说到了那棵很神的大槐树。那年大槐树的一个枝杈干枯老朽得再也无力支撑在树上了，自己便在一个黑夜“咔嚓嚓”折断了，却没有砸在房上，而是顺着街筒子落在了地上，像一条温顺的龙那般，不伤及任何人和物——可见这树的灵气和仁义。

第二天，第三天……我们在二姑家住了三天，每天都要吃一顿好饭。只吃了一个煮鸡蛋，那是因为二姑把他们家的鸡蛋，都给我爸吃了。那个年代，鸡蛋就是最好的营养品了。

我和三个表兄弟相处得十分融洽。他们带着我，看了碣石村里一口又一口井，还带着我看了村里的碣石，看了村头田野里的海棠花。碣石村有不少海棠树。到了那个时候，还有红艳艳的、又酸又甜的海棠果吃。

大槐树下、二姑家的生活，真是不赖呀。我和妈妈在二姑家住了几天，便恋恋不舍地回望着那棵大槐树，离开了那个比我的故乡更古色古香的碣石村。

回到家乡后，我的任务还是天天去山坡上弄柴。我几次到很高的一座山上去，望着遥远的地方，也就是碣石村的方向，很是伤心。我很想碣石和我的表哥、表弟，还有那棵大槐树。我不禁泪流满面，泣不成声。透过朦胧的视线，我怎么也不可能用留恋的目光望见那棵大槐树。

碣石有棵大槐树

树下住着我二姑……

那一刻，二姑是不是又在给我爸熬药？我爸的病多会儿才能好？想着这些，我又撅下来了好几根干柴。爸爸不在家，我得多弄柴，也好烧炕做饭。

那一年，我 11 岁。

九尊佛的歌谣

谁要看见九尊佛

金银财宝往家驮……

这两句歌谣是指沿河城不远处的水峪口那一面山崖说的。山崖是不新鲜的，但那里的山崖不是一般的山崖，那山崖叫佛崖。也就是说在那崖上，绘有九幅彩绘佛像，也就是岩画。不知道为什么，这些岩画是时隐时现、扑朔迷离的。平常一般人看不见这些岩画。但这些岩画有时候又会显山露水，出现在那些有好运的过路人的眼前。听说谁要是同时看到这九幅岩画，那就是时运大转，便可打开那石门那宝库，金银财宝往家里驮了。听说那石门里还有金马驹，金马驹也是可以被牵到家中去的。传说有点神乎其神，大多数人不一定相信，但那九尊佛、九幅岩画，是实实在在“挂”上去的，也是会偶尔露峥嵘的。有个好眼力的人，他看到过六幅岩画；还有一位乡村文人，看到过三幅岩画。谁也没同时看到过九幅岩画。

我对这传说是着迷的。我几次和大哥说：“大哥，等有一天，你带着我，咱们一起去佛崖看九尊佛吧？”

大哥说：“你眼尖，也许你能够看到。”

我说：“那就带我去看吧。”

“得了，我还有时间去看岩画？再说，那岩画可不是一般的岩画，那是神。”大哥又神神道道地说，“古往今来沿河城那么多人，谁看得见那九尊佛呀？那是迷惑人的话，要是真看见九尊佛了，那佛崖的石门早被人打开了，那金马驹还能轮得着咱们拉回来？咱们就等着当骡子当马，在山里背背挎挎吧。”

大哥一说话，就透着不太让人爱听的味道。

那个时候，当村支书的我妈说：“以后，争取让山民少背背挎挎。沿河城那边，准备修一条通往县城的公路。就快要上马开工了。”与此同时，我妈还说了一件事。

当年日本人侵犯中国，在沿河城安了据点，他们还要在那佛崖下修公路。可他们用开山炮炸掉了一层佛崖上的石壁，那石壁上的岩画反而更加清新艳丽地显露了出来，活灵活现的岩画把他们吓得当场都跪下了。听说日本人是信佛的。他们以为是佛祖震怒了，显灵了，他们便跪下祷告，祈求佛祖的宽恕。他们还说这道不修了，要修也要改道而行，要绕过这九尊佛。

20多年以后的1967年，17岁的大哥就要成为一名修路工了。当地政府决定，要修那条当年日本人都不敢修、开工又下马的公路。修那条公路，是绕不开九尊佛的。

大哥修公路走那天，我妈特意叮嘱了两句："你去修公路了，千万不要楞大胆儿，能绕开那佛就绕开，佛会保佑你的。"

大哥冒出了几句"横话"："妈，少说点迷信话吧，什么九尊佛，不就是大石头上的几片岩画吗，有啥？轰隆轰隆，几炮下去，岩画早飞了。"

我妈说："二百五，别说这傻话。"

大哥一时间就不言语了。

我说："哥，我还没见过那九尊佛，我也想见到那九尊佛。"

大哥说了一句："傻小子。"

我目送着大哥到远方修公路去了。

大哥刚走，我就盼着大哥回来，盼着大哥回来跟我说说那九尊佛的事。

大哥走了一个多月，终于回来了。大哥一进门，我就问："大哥，你见到九尊佛了吗？"

大哥有些轻描淡写却又是浓墨重彩地说："嘿，什么九尊佛呀？你要听传说，那九尊佛可神了去了，什么时隐时现，时有时无？什么炸了一层又一层？力透石壁一尺多，绘画的技术像刀刻。可说了这一大堆，也有人见过一个半个的岩画，说是大红大绿的，好像也没啥。有啥也没用，轰隆轰隆，那些天我们把佛崖那个山头都给炸飞了，就算是有岩画，那岩画也随着那一块块大石头，滚落到龙潭湾里去了，那个地方就叫龙潭湾。那里距离王龙口不远。嘿，谁厉害？谁豪横？谁震了？谁盖帽了？"

听大哥说到这里我感到很震惊也很失望，我还反问："那九尊佛真没了？真被炸没了？"

大哥说："这还说瞎话？人们都说，我们那些筑路工人盖了震了，比日本人厉害多了。他们不敢炸的佛崖，我们给炸了；他们不敢修的公路，我们要争取三年修通。到那时，人们坐着大汽车，'嗡嗡'地上北京……"

我不愿再听大哥往下说了。我不禁问："大哥，你们炸了九尊佛，那就等于把石门也炸开了，石门里跑没跑出金马驹来呀？"

大哥笑了，说："你这是傻小子的话。哪有金马驹？要有金马驹，我们修公路，能天天吃金色的大眼窝头？当然了，有时候也有馒头吃。"

一时间，我再也说不出话来。我拉开门，就往门外跑。大哥追出来，问我："你干啥去？"

我冒出了一句："我上王龙口看九尊佛去。"

这时，远处传来歌谣：

谁要看见九尊佛

金银财宝往家驮……

口外的白菜和红枣

50多年前的一个深秋，层林尽染的季节。那天清晨，我和爸爸、姐姐蹚着白花花、亮晶晶、湿漉漉的露水，背着篓子，沿着山间小道，去口外的一个村里买白菜。为了能够买到300斤青口白菜，我们爷仨是跋涉了几十里山路，各自背着篓子，等于是从北京市赶到河北省了。那个村叫横岭子。那家种菜的人自然就是横岭子的村民，当时叫社员。我们终于到了横岭子，到了那一块白菜地。那位妇女带着我们走进了白菜地，让我们拔白菜。白菜长得真真是喜人。那大棵的青口包心菜，像一个个大胖娃娃，挤挤插插站立在秋天的土地上，透着丰满和丰收的景象。而当时刚过10岁的我，走了二三十里山路，却感觉很饿，也很渴，恨不得先吃几口鲜灵灵的白菜。白菜心是可以生吃的，而且挺香。但那白菜还不属于我们，我不能吃。我只是在白菜地里东张西望，有时候也抱着一棵沉甸甸绿莹莹的白菜，走在地头上。

那白菜地里偶尔有几棵枣树，树上的叶子已经黄了，稀稀拉拉的，快落光了；我望着枣树的枝梢，不知道是不是想在树枝头寻觅几颗红枣，却没有发现有遗落在树上的红枣。那白菜却长得茂盛，给人一种殷实的感觉。菜的主人是一位中年妇女，依稀记得她穿着红上衣。那阿姨给我们拔白菜的时候，她的眼前一亮，我知道她看见了什么，因为我也看见了她看见的东西。在两棵白菜的上方，或者说是白菜的脑包上，分别落着两颗红艳艳的大枣，比白菜上的两只大绿蝈蝈还显眼。那阿姨于欣喜之余，小心翼翼地，许是怕那枣跑掉吧，将两颗红枣捏起来，然后走到我的跟前，递给了我，说："这娃儿长得俊乎乎的，饿了吧？给你枣吃。拿着。"当时我肯定是把那枣接过来了，放在手心里，看了许久，忘了说谢谢阿姨；却也没急切地将那枣投入嘴里吃掉，尽管我太想吃东西了，巴不得体验一下囫囵吞枣的滋味。

最终，那红枣我自己没舍得吃，只想用那两颗枣讨好或者叫孝敬爸爸、姐姐。

我知道他们也是需要这红枣补充体力的。我们三个人要背着300斤白菜，赶回家去，那是需要不少劲头的。当然，我们是带着小米白薯干饭，作为干粮的。我们的热量和能量是需要补充的。但如果有充足的大枣吃，那就更是美味，就有了足够的大卡和维生素，让我更有劲儿背着白菜，行走在山路上了。但，那红枣却只有两颗。爸爸想买点红枣，也没买上。我们只好背着白菜往回走了。我那一篓子白菜，装了八九棵，比我的体重还沉。可我背着篓子，走得还算赶趟儿，没有落趟儿。

翻山越岭，走在蜿蜒的山路上，我们爷仨背着白菜，沉甸甸的白菜，各自都累得气喘吁吁、汗津津的。爸爸带头，把装白菜的篓子撂在路边的山石上，说是歇一会儿吧。我们爷仨就歇了下来。这时我从衣兜里掏出那两颗红艳艳、饱满而又带着褶皱的大枣来，分别递到爸爸和姐姐面前。爸爸反问我："那俩枣你还揣在兜里，没吃？"我却不由得撒了一个谎说："我吃了一颗。横岭子的大枣挺甜的。"

爸爸说："挺甜的，你就把这颗也吃了吧。吃了有劲儿，走路快。趁天亮赶回家去，咱们吃小米饭炒白菜。"

我没忘了叮嘱爸爸："爸爸，还是先把这大枣吃了吧……"

那天我背着沉重的白菜，唱着京剧：

大红枣儿甜又香

送给亲人尝一尝……

那天晚上，吃饱了小米饭和炒白菜，我很快进入了梦乡。我梦见了一地的大白菜，那白菜上有大绿蝈蝈在歌唱；那白菜上还有一颗又一颗的大红枣，红得像姥姥说的玛瑙。那两颗落在白菜上的红枣，让我又想起了那位阿姨。我还叫了一声："阿姨！谢谢你的大红枣……"

两次去北京城里

大火车，轰隆隆

坐着火车去北京

大火车，轰隆隆

坐着火车回东宫……

这是姥爷编的顺口溜。姥爷不止一次说过：“咱们小东宫，开门见山容易，出门坐车难。”我们要坐火车，得走几十里山路，才能到火车站去。正因为交通不便，我这个北京郊区山里的孩子，第一次去北京，正好是我 13 岁生日那天。端午节是我的生日。

那天一大早，我跟着姥爷，沿着狮羊沟，前往沿河城，打算到 55 公里外的火车站坐火车。那是我第一次坐火车。往火车站赶的时候，我走得太快，姥爷气喘吁吁赶不上我。他几次挥动着白毛巾，叫着我的小名让我等等。于是我就停下来，等着姥爷。

进了沿河城的西门，又出了已经没有了城门楼子的东门，我便踏上了永定河边、去往火车站的大道。那个时节的永定河畔，景色很不错。我到河边去，借着永定河水，好好地洗了脸；借着河水照了照镜子，感觉这模样还行。

我和姥爷跨上了那座铁路大桥。我和姥爷一起登上了那列墨绿色的火车。火车“咣当”一声，“咯噔咯噔”地走了起来，穿过了一道桥，又穿过了一个山洞。那一刻，姥爷对我说：“坐火车好受吧？”

我说：“好，真好。”

傍晚时分，姥爷带着我走进大舅家的门。大舅在石景山发电厂工作，他们的家属房就在那个山脚下，表弟小宝子说那座山叫红山头。山对我来说不新鲜。第二天，大舅又带着我们去了我小舅家。

小舅家在朝阳区垂杨柳。

那是我第一次坐无轨电车。我们这一大群人，上来下去的倒了好几趟公交车，才爬到了我小舅家的楼上。那也是我第一次爬楼。好在是三楼，跑跑颠颠地就上去了。进了小舅家的门才知道，他们只有一个大屋子。

小舅见我们到了他家，没说几句话，就跑到楼下买肉去了。

中午，吃的是烙饼和猪肉炖粉丝，还有香肠。吃完了饭还有牛奶糖。表弟、表妹们对我不赖。他们每个人都挑了一块牛奶糖，亲手递给我，说一定让我吃掉，可我接过牛奶糖，舍不得吃，放进糖盒里又怕不合适，我就把那奶糖装进了衣兜里。我打算把它们带回去，给家里人或我的小朋友吃。我连连说“谢谢”。比我小不了几岁的小燕子表妹，说我说话没有老家人的口音。

姥爷让舅舅带着他和我，到照相馆里照张相。他说轻易不来北京一回，一定要照张相。可两个舅舅推辞了，没带我去照相。

没有照成相。第二天，我又和姥爷坐着火车，“咯噔咯噔”地返回了沿河城火车站。

从北京回来，见了要好的伙伴，我会送给他们糖吃。他们问我：“北京啥样啊？天安门啥样啊？”我的回答是：“跟画上的不一样儿。出门就有车坐。反正是我去过北京了。”

一晃的事，我过了 16 岁，才有了第二次去北京的机会。

那个暑假，我是陪着表弟小宝子度过的。他的奶奶家，也是我姥姥家。他奶奶、我姥姥没了，他回老家来度暑假，就等于是到他大姑家来了。我就成了他的玩伴和“陪客”。

那个暑假过得还挺有意思。很快就要开学了。我的任务是把表弟送回家去。也就是送到石景山去。

那天，妈妈和我都早早地起床了。小宝子也比以往早起了一个多小时，因为我们得去赶火车。妈妈在做饭，我把一个头号大花篓，放到屋檐下的台阶上，开始往里收拾东西。我招呼小宝子：“你搭把手，把要带的东西装进大花篓。”

“二哥，这么大的花篓，你背得动吗？”

“你装得下，我就背得动。装吧。”

我和小宝子便往花篓里鼓捣东西。刚刨下来的土豆，装了一篮子；现摘了一对大南瓜，一黑一黄，磨扇一般，放了进去；放了三篮子豆角，绿莹莹水灵灵的；还有贼亮的大茄子、西红柿、顶花带刺的黄瓜，还有两个大葫芦、几条丝瓜；还有两瓶蜂蜜，两大包子桃干杏干蘑菇干，又塞进了一袋子红绿交杂的、我和小宝子亲自摘来的山枣，还有一袋子杏核。很快，这大花篓就盖搂得满满当当了。我说："小宝子，还有啥装的。"

"二哥，你背得动吗？"

"你想拿的就装。我不能和二郎神、大力士比，搬不动山、背不走河，毕竟还能背动一个大花篓。"

小宝子便笑着又往花篓里放了小半袋小米，还有十来个煮鸡蛋，以及一些其他玩意儿，包括一个根雕、一盆野花，还有一堆鹅卵石。

把一切打点好，我特意把花篓的口径部位用一条麻袋和一根尼龙绳封住盖严了。我说："万一我跌倒了，摔了我没关系；这东西撒了，可就麻烦了。"

吃饱喝足，我和小宝子便准备出发了。我穿着红挎篮背心、一件草绿的衣服和一条蓝色的劳动布裤子。我的个头是不矮了，妈妈说我长得像打杏杆子似的，细点。不过，我的力气还是不小的。那一花篓东西，我伸过肩膀，背起来就走。路过场院，我踏上磅秤一称，居然是 250 斤！刨去我的体重 110 斤，等于那大花篓里的东西是 140 斤整！

小宝子说："二哥，太沉了吧？"

我假装有些不耐烦："沉，那些鹅卵石沉，你舍得拿出来吗？"

小宝子说："别，二哥，把老倭瓜拿出来，也别把鹅蛋石拿出来。"

于是我们便出发了。

小宝子左手提一个蝈蝈笼，笼子是我用柳条编的，蝈蝈是我在荆花丛中带他逮的。一笼放了五只蝈蝈，且它们和谐相处，其乐融融，十分融洽不掐架，只是爱此起彼伏地叫上一阵子。这蝈蝈无疑是我大舅的最爱，那蝈蝈的声音不就是老家的乡音吗？所以我要把这蝈蝈带回城里，向我大舅、大妗子献礼。

太阳刚刚从山那边闪出红艳艳的脸来，公鸡在呜呜地鸣叫着。我和表弟的第一个目的地，便是那太阳升起的山垭口，也就是大鞍口。大鞍口看似不远，可那条被称为大龙道的陡峭的山道，却有近两里地。出村后，我们要爬上那面陡坡，才能到达大鞍口，到了大鞍口，再向那边走去，还要下坡上岭，走上 20 里山路，才能到火车站——这是一条很难走的路。

到了大鞍口。大鞍口上凉风习习，因为大鞍口也是个风口。站在大鞍口上，回望着红金坨，小宝子说："二哥，在这里看红金坨，红金坨最好看了。遗憾的是，这次咱俩没有去红金坨看看。"

我说："下次再去吧，下次你回来，腿肯定会长长的。"

说着话，我们翻过大鞍口，向骡到鞍、西棍梁和火车站的方向走去。山高路远。还好，生在城镇的小宝子，走山路倒不发怵。有时候比我走得还快。他看到我有些气喘吁吁，说："二哥，我背一会儿。"

我笑了，说："你不用我背，我就知足了。你背？这一大花篓东西，还不把你压趴下？"

"二哥，那我就有劳你吧，就当我二哥是二郎神。可我还是怕把你压坏了，你那脊梁也是脊梁啊。"

"没事啊，走吧。"我把背篓往起颠了一下，还随口背了两句臧克家的诗，"总得叫大车装个够，它横竖不说一句话……"

当我们走入一片白桦林的时候，空气湿润凉爽起来。我把身上沉重的大花篓靠在一棵桦树上，便说让小宝子等一会儿，我马上就回来。

待我回来的时候，手里托着两串黑灿灿的山葡萄，还有一挎兜金灿灿的山梨。

我们吃足了又甜又酸的山葡萄和山梨，浑身舒坦。望着桦树林里透射进来的花花搭搭的阳光，很是惬意。火车又叫了一声。

我说："抓点紧，可别误了火车。"

我又背起大花篓，在白桦林里穿行着。一只獾从前面滚过来，我叫着："獾獾……"

当小宝子看见獾时，獾正好钻进了一个洞穴。

我们又惊飞了一对野鸡，还惊起了一只野兔。那野鸡、野兔转眼之间便不知去向了，都是一闪而过的匆匆过客，实际上那山林却是它们的。橡树上的一两只松鼠，吃橡子倒是吃得悠然自得。

看见了一片金黄的蘑菇。我便撂下花篓，将蘑菇捡起来，放进花篓里。说：

“晚上可以吃到鲜蘑了。”

路过一片胡萝卜地。我又随手拔了两根叫鞭杆红的胡萝卜，用树叶擦净泥土，让小宝子吃。小宝子吃得还挺香甜，嘎巴脆的香甜。我说这是为了补充养分和热量，也好尽快赶路。我说：“火车可是不等人。误了火车，咱俩上哪儿啊？”

“二哥，那就赶快赶路吧。”

差5分钟，我和表弟赶到了火车站。火车徐徐地、“咯噔”一下停下了。车门打开了。可列车员嫌弃我的大花篓，说是太大，这怎么上得去车？应该走货车。我先是挺为难。后来就学着普通话求情——列车员就放我们上车了。登上列车那一刻，我似乎比登上千山万岭还难，但总算是挤进了车厢里。我真想偷着乐。真是人到山前必有车。我用老家的话说：“小宝子，你娘见了这一大花篓山货，可得高兴哩。”

我们随着火车的颠簸，穿山越谷跨河，一路向前走着。火车真是个神奇的东西，什么高山大河也挡不住它，它总能把你带到要去的地方。我望望窗外，又看看车内，两只大眼睛，总是不够用。一路的好景色，一闪而过。我望着笼中的蝈蝈，又望望那个盛满了山货的大花篓，觉得此行很有收获。我长这么大，说来也不大，这是第二次坐火车，第一次坐火车时我13岁。现在我长大了，可以背着一大花篓山货，跟着大表弟坐火车去我大舅家了。他们一定会很高兴。

我和小宝子正说得尽兴的时候，小宝子一下子站起身来，向窗外望去，他忽然感觉车外的风景不对，惊叫了一声：“二哥，坏了，咱们坐过站了。”

我和小宝子真是坐过站了。本来该前一站下车，却没下，而是……我急出了一头汗。我还冲列车员叫着：“停车停车，我们要下车。”

列车员先是严肃地说：“早干吗了？下一站再下吧。”

小宝子焦急地冲我说：“二哥，这可怎么办呢？”

我冷静地说：“只能如此了。”

我背着大花篓，一步步向车门口挪去。我还问小宝子：“多坐一站，用补票吗？”

“二哥，别管这些了。快准备下车。”

好一对坐过了站、下错了车的表兄弟——那天也许就该我们倒霉。当我背着大花篓，小宝子提着蝈蝈笼走下火车的时候，小宝子分明感觉到一阵茫然。他道歉说：“二哥，都怪我。”

我笑了：“不怪你，你还让我多过了一会儿坐火车的瘾呢。”

“可是……二哥，这里离我们家可就远了，而且这一段路还没有公交车，只能走回去，沿铁道走回去。”

“走，对我不算啥。几十里山路都走了，还怕这一段？一两个小时也到了吧？走吧。你带路。城里的路我可不熟。”

于是，我们俩又沿着来时的铁路的一侧，往回走去。

我背着那么重的大花篓，一步步走着，默默地走着。对于我，半句怨言也没有，还时不时偷偷一乐或看看小宝子，又一乐——似乎这走，就是一乐。

我们顶着一轮好大的太阳，走着；踏着八月里滚烫的柏油路，走着。

不过火车的时候，小宝子就和我找话说：“二哥，等遇上卖冰棍的，我请你吃冰棍，山楂的或小豆的，都行。二哥，碰上卖汽水的，我给你买瓶汽水喝，冰镇的。”

“不用不用。我吃不惯冰棍也喝不惯汽水。到你家早了，你要有空，就带我去书店看看，我想买几本书；带我去照相馆看看，我想照张相。我有钱。”

“这好办，二哥。咱们先赶路，下午我会带你去的。”

那笼中的蝈蝈又叫开了。我背着大花篓一步步向前走，汗水一个劲儿地往下滚落；后来，我的鼻子还流了血，许是上火，太累了。但我不能歇下来，只能站着，任那鼻血流淌了一阵子。后来我摘了几片槐树叶，塞到鼻孔里，算是把血止住了。我觉得很狼狈，偷偷用唾沫擦嘴巴周围的血迹。我也不好让小宝子看，也怕他笑话我。我感觉周围有不少眼睛都看着我，看着我这副“尊容”。这路上哪有徒步背大花篓的人呀？他们会不会嘲笑我？

小宝子看我流了那么多鼻血，便说：“二哥，要不，把花篓里的东西拿出来，扔掉一些，太沉了。”

“都背到这里了，还能拿出来？山里的草，城里的宝，这东西在城里买都买不到，可不能往出拿。快，带路走吧。”

透过那花篓的空隙，我看见那时隐时现的豆角、南瓜之类的山货，拥挤在大花篓里，随我的脚步往前移动着。

小宝子不时地叫一声："二哥……"

我和小宝子就那么一路走着，总算是走到大舅家那两间小家属房了。那个时候已经是下午 3 点多钟了。我累得头晕眼花的，把那一大花篓山货撂到那间小厨房门口的时候，却怎么也难与花篓脱开身，原来，我的衣服都和那花篓粘在一起了……我勉强与花篓脱离开干系的时候，小宝子大惊小怪地说："二哥，你的草绿色衣服上，像是有一片片地图，不是，是白色的汗碱，还有一道道被荆条勒出的、压出的花篓的清晰痕迹……"

我的衣服已经和那红背心粘连在一起了，我的两个膀子上，被那用麻绳做的花篓的背带，勒出了两道深深的、红红的印痕。

表弟望着我，好像挺难过。可我却背出了两句臧克家的诗：

背上的压力往肉里扣

它抬起头望望前面……

表弟说了一句"傻二哥"。

我不言语，腼腆地笑了。

第二辑

青春之旅

从童年、少年到成年，每一个阶段都是美好的。青春固然是美好的。但，青春各有各的不同，每个人的追求似乎也不同。青春无悔吗？在山水间行走，是最有福气的时刻。我的青春是这样度过的。那我也算有福气的人吧？当然，与好多人相比，我所到之处又很少。读万卷书，行万里路，其实我的青春主要是在那有限的地方度过的，并没有游览更多的山水……

崖畔上开花

崖花是我故乡的花。日前，爱好摄影的表弟发来一段视频，那视频呈现的是崖花的影子，叠印出的是永定河大峡谷、珍珠湖两岸崖畔上的崖花。崖花的学名叫槭叶铁线莲。此视频把我带进了太行山深处，崖花的故乡……

——题记

八百里太行山中，有多少种花草树木，植物学家也未必说得清。在京西太行山余脉，有一种稀有的植物——学名“槭叶铁线莲”，别名“岩花”“崖花”。槭叶铁线莲属于悬崖上绽放的珍稀植物，被称为“绝壁奇花”，是北京特有的植物，是国家一级濒危保护植物，有很高的观赏和科研价值。

“崖畔上开花崖畔上红……”槭叶铁线莲不是山丹花，花色不是红的，但那花却是一抹亮眼的春色。槭叶铁线莲分布在太行山北部，在门头沟区、房山区，有零散分布。槭叶铁线莲属于“北京特产”，有“藤本皇后”的美誉。

还是习惯叫它崖花吧。

崖花这种小灌木，清明节前后，绽放在悬崖绝壁之上——它那衬托着绿叶的小白花，或是间或粉色的花朵，摇曳在崖缝里，也摇曳在我的心头——我的故乡，也是崖花的故乡。儿时，我们不觉得崖花有多新鲜，但又觉得新鲜。每当崖花盛开时节，我们望着那悬崖上的崖花，也很惊喜。崖花其实也没有那么高高在上，有时候我们顺路、顺手就把崖花采到手里了。我们把那玲珑剔透的花朵、那青枝绿叶的花枝，拿着拿着，就丢弃在路边或泉水里了；也可能放入背篓，带回家去，插进放水的瓶子里，看几天新鲜，闻几天崖花的香气。当时我们不知道崖花叫槭叶铁线莲，更不知道它的珍贵，也没人告诉我们这花是受到保护的。崖花，好像是灿烂不了几天，那花朵就无声无息地消失了。崖花也是分大年、小年的吧？有

一些春天，是我们忽视了崖花的存在，还是那年崖花根本就没有出现？记得我们上高二那年春天，在那条叫狮羊沟的两岸悬崖峭壁上，开出了比任何一年都多的崖花。那崖畔上白花花、粉嘟嘟的，不是一两朵，三五枝，而往往是层层叠叠烂漫开来，甚至密密匝匝的，随风摇曳在那山头上、石头上，形成了一个又一个立体的花海、花山。那是让我们诗兴大发的花呀。我们渐渐懂得了那花的珍贵，但还是会把崖花折下来，带到校园，分享给没见过崖花的师生们。

随后的几年，崖花开得少了，给人一种“墙角数枝梅”的感觉。1983 年初春，我成了丰沙线铁路上的一位守桥民兵。我们所在的那个地方，也称“珍珠湖”。珍珠湖上有一座拱桥，恰似长虹，被当地人称为“罗锅桥”。罗锅桥五十年代初就横跨在永定河上了。那桥又叫“七号桥”。在七号桥两侧的崖畔上，生长着特殊的野花——崖花。而我的“哨所”周边，便是崖花的乐园；恰好那时节，也正是崖花一年一度绽放的四月天。那些日子里，白天举目望去，便可见那崖花一朵又一朵、一簇又一簇地开了。那绿生生的叶子，那五角花瓣、六角花瓣，粉嘟嘟的花朵，像小喇叭在崖畔上呐喊；那雪花般的花朵，像小羊羔在悬崖上撒欢，带着仙气一般。崖花倒映在水里，疑是水中莲。水中有莲不新鲜。无论是红莲、白莲、粉莲，人们司空见惯。莲长在悬崖峭壁上，平常人却少见。

那崖花是我的伙伴。它们吹着小喇叭，像是把我呼唤；它们像挥动着小手，招呼我也登上崖畔。我没有它们的本事，哪有它们能攀缘？它们却洋溢着美玉般的笑脸，与我相看两不厌。我不光与崖花相望，也可以说，在崖花的激励下，写出来并发表了不少诗文。我写崖花的一篇小散文，还被客车上的广播员朗诵出来，在车厢里播放。

又一个春天，我离开了那河畔、那崖畔、那长长的铁路线，结束了守桥民兵的生涯。我没有和崖花说再见，却再也没有与那崖花相见。而今崖花又开了，我却不在崖花的身边。通过视频，我望着手机里的铁线莲，心，又飞到了那悬崖上；用心亲吻着那摇曳的山花，不禁泪水打湿花瓣。

花不言谢，我却要感激那崖花，曾经给我无穷的力量，让我学会了登高望远。崖花的花语是什么？是登攀还是高攀，是高傲还是冒险，是不与凡花论短长，是孤芳自赏？崖花抢先高举着北京的春天、自己的春天。水中的莲花出污泥而不染。铁线莲没有一丝恐高症，相伴云端，一点也不觉得危险。它们像空中的鸟儿，还怕跌落山崖吗？即便花瓣落下去，又成了水中的小船。但，它们不会漂向远方。来年，那河畔那崖畔，又呈现出一朵朵、一枝枝、一层层、一片片欢快无比的槭叶铁线莲。

崖花作为特有植物，选择了北京的高山峡谷，却没有选择大都市；它不会在谁家的阳台上开花，也不会在谁家的花盆里争奇斗艳。“高处不胜寒”——它却长在了高处。它那种攀登、攀缘的精神，谁能比？它不与一般草木为伍。“皎皎者易污，峣峣者易折”——它洁白无瑕，却又一尘不染，超凡脱俗；它给人一种高高在上的感觉，却又不会在狂风中夭折。它有梅花的风骨、傲骨，即便飞雪压弯花枝头，待到雪化时，独秀依旧。“会当凌绝顶，一览众山小”“位卑未敢忘忧国”——渺小的花朵，谁说它没装着天下？“无限风光在险峰”——它置身在险峰，鸟瞰、远望，却又不显得清高；它像从石头缝里蹦出来的，但它还是一种接地气的花。它在荒山野岭，但不等于它囿于远山，它的精神、它的香气，是可以传播千里万里的。它开在山头，却扎根在游子心头。如果说我的作家梦受谁的影响最大，也可以说是受崖花的影响最大。崖花在深山，它的精神却伴随着我走向远方。我走出了大山，大山的品格没有走出我的骨子；崖花不能走出大山，崖花的气节却能走出大山；我不能把崖花带出大山，却能把崖花的精神带出大山。没有崖花给我的力量，我哪能走到今天？天人合一。花是人类的朋友。人的生存状态，也是伴随着花的生存状态的。崖花作为一种特有植物，在特殊环境下生长，它也是会影响人的生存与成长的。

人是要有点精神的，花也有精神。崖花具有“更高、更快、更强”的奥运精神。2008 年北京奥运会时，有人建议把槭叶铁线莲作为颁奖典礼用花的备用品种，但因其物种的特殊性，未采取此方案。不过，“咬定青山不放松”的崖花，是不会脱离崖畔的，哪怕那崖畔再贫瘠，乃至没有一捧土，崖花也还是在崖上长着。我很难见到那本不陌生的崖花了。可我知道，故乡人把崖花当大熊猫一般保护了起来。那些戴着红袖标的护林员，绝对不容许路人顺手牵羊采崖花。2022 年，曾经有一位女子因采崖花而被拘留。

我离开崖花的故乡已经40余年。这期间，我出版了20本书。在我的诗文里，崖花经常出现。但我却几十年没见到崖花的影子了。所以，表弟发来的崖花视频，让我感到格外惊喜。那太行山上的崖畔，那珍珠湖畔，又出现了层层叠叠的崖花的娇美、妩媚的身姿，谁不惊喜呢？生态，那崖花就是一幅生态的诗配画。

沿河城的青春记忆

“不识庐山真面目，只缘身在此山中”——那时候我们喊着“不到长城非好汉”，却不知道自己就置身在长城里，那是北京长城文化带的最西端；儿时听大人们讲万里长城，却不知道我们就生活在长城的“包围圈”里。那里是京西太行山余脉的大山深处，也就是北京长城的边关、边城。城，什么叫城？我们那个小山村与七道城子相连。哪里有城子？那个山头上的石炮台，是明朝年间用石头“堆砌”在那里的一个瞭望台。那炮台的缝隙里，摇曳着野花，出没着一种蜥蜴，也叫四脚蛇。“近水楼台先得月”——在这“近水楼台”上，我们还能望见西南方、黄草梁上屹立着的七座楼，那是北京长城文化带的边缘地带，西边的长城。

黄草梁下有一条山沟，叫狮羊沟。沿着狮羊沟往东去，便是六道城子、五道城子……直到一道城子，便要到沿河城了。城子，谈不上城，就是当年守军把守关隘、站岗放哨的城堡。我们算长城脚下的孩子。我们的小山村，距离沿河城有30里的山涧路。儿时，我们还不能走到沿河城去。但我们去山上采药，可以遥望沿河城。

后来，我们背着小篓，去沿河城购物、卖药材、卖家兔等，必经西门，才算第一次进城。通过那城门洞，有点进城的感觉，但不觉得那城门神圣和庄严。

永定河畔那个小山城——沿河城，修建于明朝万历六年。沿河城当年是乡政府所在地。当时我们不以为沿河城是城，称沿河城为沿河。我们不愿意带那个城字，实际上那就是个小城。城要有城的格局。城要有城门、城墙。沿河城不是坐北朝南，是坐南朝北。沿河城有东、西、北三个城门。东门叫万安门，当年修丰沙线铁路时被拆除了。西门叫永胜门，至今保存完好。北门直通永定河，更像一个阶条石砌的排水系统。那古老的城墙，绕城不能算一周。南边没有城门，依山的城墙蜿蜒延宕，历尽沧桑。秋日，城墙上红叶欲燃，野菊飘香。

1975 年和 1976 年，我在沿河城高中班上了两年学，频繁地出入那城门。城门两侧，是公用的男厕和女厕。城门洞里，长期放着两口大棺材。听说，棺材有升官发财的寓意。

城门里那大槐树、古戏台，很吸引人。我们在那大槐树下、古戏台前看电影。我们的食堂是当年的老君堂。我们站在校园里，可望见奔腾的永定河水、长满崖柏的万柏山。那山那河，那岭上的长城，都是不错的景色。初春，距离黄草梁最近的同学们，到黄草梁割来大量的野韭菜。吃了野韭菜馅的包子和饺子，满教室都是野韭菜的味道。那可是长城上的韭菜呀。

沿河城，四通八达，城外有城。狮羊沟沟口有两座明朝的古敌台，被当地人称为“楼”。再往里走，还有那样的一栋楼。当年那楼作为炸药库，我替父亲往那楼里扛过炸药。

当年的我们，不以为那是城，甚至不以为那是长城的一部分。生活在长城脚下的我们，却不知我们开门就能够见到长城，天天要通过城门。

1977 年 12 月，我们聚集在那大槐树下，50 多个人乘着一辆解放牌汽车，前往斋堂参加高考。结果，那一车人当年一个考上大学的也没有。我们仰望着长城，仰望着山鹰，叫喊着：“不到长城非好汉。”可谁也没成为“好汉”。

名落孙山的我，一度成了西山里的羊倌。我在牧羊的山上，可以望见黄草梁长城段的残垣断壁。那远山，那长城，是山花盛开的地方，是山鹰飞翔的地方。我却不想在山里放一辈子羊。我想用文学改变命运。我在黄草梁和红金坨对面的北梁头上，胡乱写着小说和剧本。我偶尔到山外出差、办事，一般都要通过沿河城的永胜门。永胜门里头，却没有我的用武之地。

永胜门后来发生了一些变化，两侧的厕所被拆除，城门变得更美观、更庄严。

那次赶巧了，电影《李自成》摄制组选外景地，导演找到了沿河城的永胜门。当时我在场，那导演指手画脚地说，假如李自成带着军马通过永胜门，其声势浩大，是不是那城门承受不起？

李闯王的电影，应该没在永胜门拍摄。后来冯小刚拍《手机》，在那里取了外景，且有当地群众参与的画面。背景就是沿河城邮政局。我上高中的时候，订阅的杂志，要到那邮局里取。我那数不清的投稿和退稿，也是通过那个邮政局出去又回来的。我最初在报刊上发表的诗文，那个和我不错的邮递员是第一时间看到的。

面对长城，我写了太多的稿子。因为写稿子，命运有了一些转折和变化。那个邮政局和对面的永胜门，距离我就遥远了。

不到长城非好汉……我现在的居住地，看不见长城。而当时我们不认为那是城的沿河城，却常常浮现在我的脑海里，有关视频也出现在我的手机里。离开了沿河城，才知道山环水绕的小城，就是长城的一部分。我那本获得冰心散文奖的散文集《太阳照耀我们》，序言的题目就叫《揣着太阳登长城》。

永定河畔万柏山

万柏山是京西太行山余脉里的一座山峰，因其山上长满了崖柏而得名。如果乘坐丰沙线列车，过55公里，经沿河城火车站时，透过列车的窗口，便可望见万柏山了。万柏山气势雄伟，傲然屹立在永定河畔；穿峡越谷的永定河，从它脚下滔滔流过，火车从它脚下隆隆驰过。顾名思义，万柏山上处处可见崖柏的影子。那一株株奇形怪状、千姿百态的崖柏，一直从山脚下长到山顶上，显得苍劲挺秀，生龙活虎，山与柏相伴，直刺白云蓝天。那千万棵悬挂峭壁的柏树，像一个个威武的士兵，像一只只欲飞的金雕和苍鹰，又像书法家挥毫泼墨，在山崖上书写得淋漓尽致的汉字。而这些崖柏，是在几乎没有泥土的石山上生长着的。基于此，更显示出崖柏的与众不同。那风景自然也是这边独好的风景。

在朝霞的映衬下，那层层叠叠的崖柏活像一个个微型金字塔；月光里，与罗汉柏近缘的崖柏，像满山罗汉沉浸在星光下；那错落有致的簇簇崖柏，在微风的吹拂下，恰似一山翻滚的绿色浪花；崖柏雌雄同株异枝，在高处不胜寒的山上书写着爱情佳话；崖柏不仅仅是一般意义上的乔木或灌木，崖柏的枝干和叶片都带着鳞片，像扎龙驻扎在峭壁悬崖。崖柏不能人工引种栽培，是太行山上鬼斧神工的绝代绝品绝妙岩画。崖柏与恐龙三亿年前诞生在世界上，如今恐龙消失了，崖柏却还是那般坚毅潇洒。崖柏是绝对的活化石。

崖柏不像山里的汉子，长得一点也不高大魁梧，更谈不上挺拔伟岸，不，那些柏树，大多像侏儒，甚至说畏畏缩缩卑躬屈膝佝偻着腰，一副受委屈的样子，看着并不起眼。生长环境太恶劣了，冬天冷个贼死，夏天热个贼死。大城市里的人挤挤插插地生活，那大山上的崖柏也得见缝插针委曲求全，挤挤插插地生活。在岩石的重压下，柏树长一层纸的厚度都需要很多年，柏树的年轮比指纹还细。柏树长得慢。在挤压和压迫中生长，不易；在石缝中生长，更难。养分和水分都极度匮乏和有限。但这些树却都是长不大的寿星老。

春天要是下一场小雨，那崖柏的枝头可就热闹了，绿呀，那也许就叫翠绿欲滴；夏日里白雾像婚纱，让那些崖柏时隐时现、犹抱琵琶半遮面的，忒动人了；秋天有红叶和野菊的装点，自是锦上添花；一场白雪降临到万柏山，那山就显得更壮观了。白雪皑皑，红日冉冉，更显出崖柏的苍翠筋骨；白雪挂在绿色的枝头，冰清玉洁，玲珑剔透，摇曳着青枝绿叶，摇荡着我的心。一轮明月爬上山巅，亮晃晃，是那么圆那么大，像一面大镜子。

从山下望去，那些千奇百怪的崖柏，像哪位出色的画家或是书法家挥毫泼墨绘出的国画、油画、水墨画，书写出的遒劲有力、酣畅淋漓的书法。太美的水墨画、太美的崖柏。万柏山像一个大盆景，大盆景里又有无数各异的小盆景；万柏山像一幅立体的巨幅木版画，画上是一幅幅千柏万柏图。说那些柏树像树，是植物，可又像动物。像盘龙？像卧虎？像一群群黑羊羔？像一头头牛犊？像大尾巴松鼠？像仙鹤起舞？像雄鸡报晓？像老雕欲飞图？像拄拐的老人，像驼背的老母？像一个寿字，龙飞凤舞？像一个福字，苍劲古朴？像青蛇出深山，像飞奔的鹿？像几头小猪，像一窝兔？像金猴献寿，像顽童击鼓？像昂首的雄鹰，像回眸的小鹿？说是一棵棵柏树，倒不如说像一簇簇柏树。像情侣撑着雨伞，是窃窃私语，还是嘀嘀咕咕？像悟空手搭凉棚，像八戒驻足探路？还像那些调皮精明的狐狸，表演着一个个精彩的节目……

万柏山是一景，崖柏还是看不尽的风景。那些崖柏的树根很奇怪地冒了出来，裸露着头角，突兀地出现在了山崖上。这些露出地面的根茎千奇百怪，看上去很有意思。有的树根像举着的一把手，甚至像千手观音；有的像一个少女，似乎在向山下的人频频招手；有的像一只狍子，露出傻乎乎的头和带叉的犄角，却不见狍子的身子；有的像龙头，有的像凤尾；有的像一只怪鸟，或一只怪兽。到了最美的季节，那些树根和树冠还有红红的黄栌叶，倒映在水中，那时从岸边走过的人们，可就觉得那是一方不错的风景了。

从春天走向那一树桃子

上小学晚了些，上初中是不是还留了一级？1975年初春，我已经是过了18岁的哥哥了，才背着背包，出了狮羊沟，到沿河城高中班去上学。那个时节算是早春二月，可山涧里的冰尚未融化。我们几个同村的同学，一起沿着那蜿蜒的狮羊沟，前往不遥远、似乎也遥远的目的地。这可不是去旅游，又像是去旅游。

一不小心，“咔嚓”一声，我踩进了冰窟窿。我神神叨叨说了一声：“我踩着春天了。”

有同学说：“踩着春天了，你的脚倒能踩？”

我那鞋上还挂着冰霜，就踏进了沿河城的永胜门。通过永胜门的时候，我还有一种进城的仪式感。进了城，在古戏台前那棵大槐树下，往北一拐，就进了所谓老君堂。老君堂是一个院落。这个院落里有我们的食堂，还有女生宿舍。我们的学校，却要拐出老君堂，走进另一个院子。

我们的课堂在一个比较高的台阶上。三大间房子，摆了50多张桌椅，满满当当。50多位男女学生，都是十八九岁的小伙儿和姑娘，无论坐下去或站起来，都是“青春一片”的样子。

第一次走进那个教室，我还没有自己的座位，也不知道哪个座位是我的。大多数学生已经提前坐下了，我见讲台前没有老师，但有一把椅子，就先坐到那把椅子上了。这引来一阵哄堂大笑。很快，一位高个子老师便进来了，我也便很礼貌地站起来。我一眼发现，这老师有点似曾相识。他看见我的第一眼，便夸了我一句：“这个小伙子长得还挺周正、秀气，个子可够高的。”

听了老师的夸奖，我有一点自豪感。望着窗外的柳树，我有一种走进春天的感觉。

从那个春天开始，我就算是沿河城高中班里的高中生了。住校上高中，算住宿生，主食以吃馒头为主，因此有人戏称我们为馒头生；也有人爱提醒一句，大白馒头可别白吃了呀！

说是大白馒头，其实那馒头就像我们的大师傅，又黑又小。且当时是定量供应，一天只卖给 5 个馒头；而且没菜可吃，肉就更吃不上。只吃过一顿炖马肉，却弄得所有住宿生都跑肚拉稀——从此馒头生就只有吃馒头了。还有大眼窝头，沙子米饭（饭硬且拣不净沙子）。可吃了什么，也还是饥狼似的，饿得眼蓝。放眼山山水水都很饱满，却唯独肚里空荡荡的。

“馒头生”真正尝到了胃亏馒头的滋味。夏日五点开晚饭，冬日四点吃晚饭。漫漫长夜，那个饿呀！有什么办法能够解饿呀?!

真是老天爷饿不死瞎眼的鸡吗？那天我去永定河边晨练，无意中发现那路边一侧的山崖上，居然长着一棵桃树，而且还挂满了桃子。这桃子还是青涩的，却有点诱人，我便小心翼翼地向那棵桃树走去了。不怕脚下的悬崖，我的身子已经靠近了那棵桃树。我望望周围无人，便顺手摘下了一颗桃子，抹了抹白绒绒的桃毛，便“咔嚓”咬了一口。脆是挺脆，可还没桃味，不甜，连酸味也没有。可还是感觉到了清香的味道。这桃子很快就到了别人看不到的地方，我能够感觉到的地方。这是又解饥饿又解饥渴的桃子呀。索性我又摘了一颗，囫囵吞枣了。不是不想给同学们摘几个尝鲜，可一想，还是罢了吧。我就记着这棵桃树，以后每天黎明时分，我都来这棵桃树上摘桃子。在那一刻，我是不是比孙悟空发现了王母娘娘的蟠桃会还高兴？孙悟空偷酒喝、偷桃子吃，算毛病吗？我偷摘几个桃子吃，有什么不可以？瓜果梨桃，吃了白饶。就这样吧。我看看四周无人，便离开了那棵桃树。在熹微的晨曦里，沿着永定河边的道路，向沿河城城里走去。

从此以后，我天天早晨，去偷偷摘几个毛桃，吃完了再去上学。那毛桃渐渐地从青涩走向成熟，变得红润、柔润起来，由不那么完满变得丰满起来，就像一个少女，变得愈发秀气、丰满起来。这样的桃子，一天一个样，天天在变化。每一天偷偷吃到的桃子，味道也不一样了，一天比一天香，一天比一天甜，一天比一天更有味道，一天比一天成色更好。谢天谢地，一棵桃树等着我，那也许就是一棵野桃树、没有主的桃树，因为它长在悬崖上，一般人也不一定发现得了它；

即便发现了，也不一定敢去摘它，因为那要是一失足，就掉到山崖下去、落入永定河了。但我不怕这些，我还是天天早上蔫不唧地去摘几个桃子，吃了去上学。

那天，我感觉这树上的桃子已经到了最成熟的时节了。望着那挂在枝头的桃子，我想到了一位女同学梅影（梅影为化名）那张白里透粉的脸蛋，想到了她也是个爱吃桃子的人，我就想摘一些桃子，想法送给她。这是需要动点心思的。一个小伙子，怎么能轻易给一个女子送桃子？但我还是准备着把桃子送给她。

那天我穿上了我的中山服，又准备去那里摘桃子。这中山服的两个大吊兜，是预备装桃子用的。

寻思着，我摘了桃子，最好是找一个合适的时间、合适的地点，就巧合地碰上梅影，就可以把桃子掏出来。如果这样做不妥，但愿能够碰上梅老师，也就是那位女同学梅影的爸爸，我把这桃子送给梅老师，不也就等于送给梅影了吗？反正我觉得，“猴子献寿桃”的时机已经像桃子一般成熟了。

然而，只过了一天的光景，在那个拂晓，我又来到了那棵桃树下，正欲伸手摘桃子的时候，却发现那棵桃树上一颗桃子也没有了，都让人摘走了。谁把桃子摘走了？不会是孙悟空吧？他应该看不上这些毛茸茸的毛桃。但，此刻的桃树上空空荡荡，只有一些桃叶，挂着露珠，水汪汪的。

我有几分失落、失望、失意。我知道，以后不会再有一棵桃树等着我，为我解馋解饿了。我后悔我怎么就不提前一天摘一些桃子，送给梅影呢？一年一茬的桃子，梅影今年是吃不上了，而明年会怎么样呢？明年的事就先不要想了。还是火烧眉毛顾眼前吧。换位思考，这桃子不送给梅影也好，因为这桃子终归不是我家院子里的桃子；即便是野生的桃子，也还是我偷偷摸摸摘来的桃子。这样的桃子送给女同学，我的脸上是不是也不光彩？她是不是也不愿意接受这种来历不明的桃子？再见了，桃子；再见了，这一棵我等待了半个多月的桃树；半个多月里，我吃到了这桃树上 30 多个桃子。

那年出差

高中毕业后，我成了个大忙人。生产队的现金会计归我了，十里八村的兽医也让我干上了。这俩差事都是业余的。平日里，我还要下地干活。但，既然当着出纳、兽医，就免不了出差、出诊。这也就给了我走出大山的机会，让我有机会到山外去走走、转转。连赶集带逛庙，是不是也算一种旅游？

那年，从北京到河北宣化，架了一趟高压线，简称京宣线。这条高压线，从我们村路过，也便成了山里人的金线、银线。山民们为架设这条高压线，出了不少苦力，也挣了不少钱。我这个出纳，是个过路财神。队里进出的钱，都是要经过我的手。

社员有了钱，队里也有了钱。队里决定，要买一台电视机，指标也申请下来了。那时的山里人，大多都没看过电视。

那年5月25日，我去为队里买电视。先是到门头沟区广播站等处，办理有关的手续，要备案，要有指定人专门管理这台电视机。一切手续办妥，我前往甘家口商场提货。那是一台进口的波兰耐普登牌16英寸黑白电视机。那电视机尺寸不大，个头可不小，够沉。我背着它上汽车，好心的乘客不嫌弃我，却嫌弃那个电视机，因为它占地方。

那天，晚霞红似火的时候，男女老少都扎到场院里来看电视。可电视怎么也不出人儿，要不就是不出声儿。几个热心的小伙子，抱着20余米高的天线杆子，转了三个山头，电视屏幕依旧花花搭搭。队长急红了眼，问我咋回事。我说："山高挡的，信号过不来。"要想看电视，电视天线还得架到山顶上。队长说："明儿你再买150米馈线去！"

第二天一大早，我又赶火车去买馈线。那可真是日夜兼程啊。坐早班火车去，坐晚班火车赶回来。

那天傍晚，电视天线手舞足蹈地登上了100米外的山头。上天被感动了，电视终于出画面、出声音了……男女老少围了一大片，津津有味地看电视。

那台电视机成了打开外面精彩世界的窗口，那个电视房也成了最热闹的场所。再后来，这个电视机显得小了，而且坏了几次。每次这电视机出了毛病，我都要背着它，去甘家口商场修理。

不管怎么说，我是出纳，我出差就多。那年秋天，刚把谷子收割完，我就挎着一个帆布的黄挎包，里面装着现金，到雁翅镇买银钱收据和蜂糖。

买了十几麻袋蜂糖，就是喂蜜蜂的糖。我把那蜂糖鼓捣到火车站去，办托运手续。蜂糖是要走货车的。我拽着麻袋过铁路的时候，呼啸的火车就快要过来了。好在我手疾眼快，已经把麻袋拽离了铁轨。

出差是出纳的常态。我身兼兽医，买兽药也是我义不容辞的差事。出差别叫苦，也自有好处。此间有幸认识了时任区委宣传部长刘颖南，他是一位作家，我还和他一起吃了一顿美餐，其中有一条红烧鲤鱼。可不是我买单，我也真的买不起。这位宣传部长还险些把我借调出来，去当门头沟区广播站的编辑。

那次还在路上遇上了时任区长，他也爱写诗，我们一起在小报上发表过诗歌，他对我很友好。他甚至还和我说过："回我家吃饭去吧？"

我就激动地说："谢谢区长，我吃过饭了。我理理发去。您慢慢走。"

那区长是走着回家的。但他不会想到，我那天的晚餐居然是四分钱买的一堆西红柿，这是为了结余下钱来，理理我那一头带点自来卷的黑发。赶上那位白白净净的长条理发员，她总是夸我长得帅、长得秀气，不像山里人，更像个洋气的大学生。那一刻我就有点受宠若惊的意思。忙，似乎就有了奔头。但，奔大学堂的奔头哪有？就在青山上焕发青春吧。

我没有被“丢”在北海

让我们荡起双桨

小船儿推开波浪……

这歌我从小就会唱，而第一次去北海，我却是22岁的小伙子了，而且是“意外”去的，还是与我姥爷有关。1978年夏天，我姥爷忽然病重。父母吩咐我，让我去城里找我的两个舅舅，让他们回来和姥爷见见面。

我就走着山路，又坐着火车，先到了我大舅家。以为我姥爷病危，大舅他们会很着急，结果他们的回话是：“我们就不回老家去祭发你姥爷了，工作很忙。你姥爷死了，你们就把他埋了吧。”

我嗯嗯着，当然不会有反驳的话。后悔的是，我当天没赶晚火车回去，结果就发生了我不愿意看到的事情——表弟带着我去看露天电影，其间一块不大的砖头飞过来，恰好打在了我的头上。当时我的眼冒出了金星子一般，又眼前一黑。表弟见我捂着脑门，想在人群里找“凶手”——可哪里能找到？只好认倒霉。我的头蒙蒙的，额头很快就凸起一个包来……但我用手捂着，连连说着没事。

我就坐着早班火车，走着山路，赶回家去了。没过几天，我姥爷就化作了一个坟头。

我哭了姥爷几场，也就不哭了。大小伙子，还是别哭吧。但我的额头还是隐隐作痛。当时以为没事，过后却好像留下了后遗症。

忍不住头疼，头部发作起来，就疼得够呛。我一时间干不了活了。听父母的话，我只能到北京去看看这头痛的原因。但我不想到大舅家去了，因为是在他家出的事，好像我找后账去了似的。

走山路，过铁路，再加马路，我就坐着无轨电车，跑到北京城那个叫垂杨柳的地方，摸到我小舅家的三楼上去了。

第二天一大早，小舅便带我去了宣武医院，初步诊断：轻微脑震荡。医生开了一些谷维素之类的药片，说是让我回家去吃。无大碍。

小舅还带我去了天坛，给我照了一些相片。小舅去上班了，我又跟着小舅，到他单位去。当时他的单位在虎坊桥那一带。我在虎坊路，发现了《诗刊》社的大门。我就在那里徘徊。我想进去看看。门卫没让我进去。我想说什么，也没好意思说。但我肯定是想过：说不定几个月以后，我的诗就在《诗刊》上发表了。那时候我再拿着刊登着我的诗的《诗刊》，门卫一定会对我刮目相看，让我走进《诗刊》社大门的吧？

想得很美，就想到了一个充满诗意的地方。我就奔那里去了。那里是北海。

我一个人去了北海公园。望着碧波荡漾的北海，望着那白塔、那红墙、那绿柳、那荷花……我想写诗。我想起了那首歌：

让我们荡起双桨

小船儿推开波浪……

不，我已经不是少年，是青年了。22岁。身高都过了一米八二。我一时间感慨颇多。我想照一张相片，在北海留个影。

我顶着一顶凉帽，穿着黑色的衬衫，花八毛钱照了一张相片。当时便写了信封，让照相部的摄影师把照片寄回到老家去。

就是因为这张照片，先我飞到了我们家人的手里。姐姐拿着这张照片，看了又看，心中产生了疑惑：人没到家，照片先回去了。咋回事啊？是不是出了事？一家人都不放心起来。那时候山里曾经有的电话，一度又中断了。想打个电话问问我的下落，也没处打电话去；即便是打电话，打给谁？我大舅和我小舅都是开着车满城转的司机，很少在单位，打电话也不可能找到他们。

于是，我爸就跑到我大舅家找我去了。

从北京回来后，没少吃谷维素。渐渐地，头就不疼了。头部“运转正常”，便又写起诗歌来。还是忘不了北海和北海里倒映着的白塔。又写了几句诗：

那碧水里没留下我的倒影

那黑白照片上

却留下了我青春的身影……

从万寿山到未名湖

1979年初春，我那部所谓长篇小说《追求》即将杀青。那个夜晚，我望着北飞的大雁，望着繁星点点。大雁唤醒了我的灵感。我又赶忙钻回到小东屋，写那一章叫“南飞雁”的小说。

这部书稿，用了一百多个圆珠笔芯。那简易的竹竿圆珠笔，已经把我的手指磨出了一个杏核大小、似乎比杏核还硬的老茧。没空照镜子，是不是有点衣带渐宽？这都没什么。尚不足23岁的我，能够这么快就写出一部长篇小说来，这本身就是乐在其中的事情。

现在主要是往稿纸上抄写了。

人间四月芳菲尽。四月，山花正是最浪漫的时节，也是渐次开放的时节。

五一节前夕，我总算是把那部书稿全部誊写完毕，并装到了一个黑色的手提包里。鼓鼓囊囊、满满当当的一书包稿子。我就提着这一书包稿子，顶着很厚实和浓密的长发，穿着一身蓝色的、近似于中山装的衣服，踌躇满志地准备着去北京城里送稿子。

那天一大早，我迎着朝阳，沿着蜿蜒的山道，向火车站走去。

火车“咯噔”一下停在了山脚下的永定河边。我登上了那列熟悉的火车。

3个小时以后，我的脚就登上了崇文门东兴隆街53号北京出版社的木楼梯、木地板。我那一书包稿子就摆到了编辑老师本来就堆积如山的案头上。他们说把稿子放下吧，看后与我联系。

我说着谢谢，又说着再见，穿着球鞋，走下了那木楼梯。说是走，更像是跑，一步三两个台阶，蹦蹦跳跳的，就走下了那绛红色的楼梯。回头望着出版社的窗口，我巴望着早点听到这里传出的好消息。

有点春风得意马蹄疾的感觉。我很快就登上了一辆无轨电车，准备着倒车到颐和园去。听说过颐和园，却没有去过。就借着这次送稿子的机会，犒劳一回自己，到颐和园去开开眼吧。

一毛钱，就算进了当年慈禧太后才能钻进去的颐和园。赶上五一节，颐和园里可谓人头攒动，熙熙攘攘。我加入游园的队伍里，基本还是一个显山露水的人，因为我比一般人好像都高了半头。二十三，蹿一蹿。我的身高已经蹿到了一米八三。

颐和园，这就是颐和园？这颐和园让我眼花缭乱。

颐和园里有那么多姑娘在穿梭，怎么就谁也不像我心目中的同学梅影，谁也不是梅影呢？我想在人群里邂逅梅影的影子。

胡思乱想着，我就登上了万寿山。站在万寿山上，鸟瞰眼下的美景，有一种一览众山小的感觉。想写诗，就胡乱地把诗写在了手心里：

登上万寿山

倍觉天地宽

放眼昆明湖

《追求》书稿已杀青

何时登上千艘船

顺风顺水扬帆？

海阔凭龙跃

我以我血荐文坛……

我有点飘飘然。

从万寿山下来，想买个面包吃，想喝一瓶汽水，都放弃了，还是照张相吧。于是我便人模狗样地站在昆明湖边，留了一张影，花了八九毛钱。

还想干点什么？在那长廊里转悠了一会儿，受不了那种摩肩接踵的感觉。我打算离开颐和园，到另一个地方去。这个地方是哪儿呢？这个地方就是北京大学，也叫燕园。那是我神往的去处啊。我坐车来颐和园的时候，从古色古香的北京大学门口路过。

到北京大学去，我没有坐车。走着去北大吧，反正也不远。

我穿着球鞋，呱嗒呱嗒，马不停蹄地跑步前进。

北京大学的大牌楼，出现在了我眼前。这样雕梁画栋、富丽堂皇的大门楼，我还是第一次看见。北京大学那四个金色的大字，让我眼花缭乱。校园内外，有出出进进的人们。我想在人群里寻找到她的影子吗？她是我的高中同学。头年，她考上了北京大学。她就是梅影。我想见见她。我大胆地走上前去，傻子一般问那门卫："梅影在吗？"

"谁是梅影？"

"我的同学梅影。"

"你要干什么？"

"我想找她。"

"小伙子，你和她联系过吗？"

"没有。"

"这么多学生，你说的梅影我都觉得没影。你还是先别在这儿转悠了，找不到她。学生们放假休息了。再说，你找她有什么事？你是哪个大学的？我看你倒像个大学生。还是写信联系吧。"

我只能说好，说谢谢了。还是早点告辞吧。

说走还舍不得走。继续在北京大学门口徘徊。想到当初我报考大学的志愿，居然全写着：北京大学。

现在看来，我是与北京大学无缘，不可能考上北京大学了。忽然想起我刚送到出版社的那包稿子，我又看到了希望。精神胜利法有时候也是需要的，甚至说是通向胜利的精神寄托。所以我暗自说：嘿，别看你们这些人五人六的大学生，出出进进的，好像就高我一等了？我可是刚把一部书稿送到了出版社，或许你们还没毕业，我的书就已经问世、飞到北大图书馆，飞到千千万万个读者的手里去了。那个女同学梅影光彩照人地占据着我的心头和脑海。我的书出版了，我愿意她是第一个读者。

想在北京大学门前留张影，可这里没有照相的。捡到了一枚北京大学的校徽，有心据为己有，戴在胸前，也光荣、光彩一回。可还是做了拾金不昧的事情，又将那校徽送到那个门卫手里去了。这个时候有一个女大学生眼巴巴地望着我，我感到她有点像那个大眼睛、白面皮的梅影，但她不是梅影。

告别了北京大学。我还要坐晚火车赶回去。明天还要去"锄禾日当午"。

十几年以后，我第一次走进了北京大学的校园。不是去上大学，更不是当教授。我是随着一位编辑给一位北京大学的教授送书——那教授出了一本著作。坦言，是一部自费的书，只印了几百册。我帮着把那几百册书搬到了教授住的五楼上，是步梯。我没少费劲。中午，教授请我在燕园吃了一顿饭。他一边卷着京酱肉丝，一边唉声叹气。那编辑问他为什么叹气？他冲我说道："嘿，今天有幸认识高国镜，我几年前就看过他的书。他这么年轻，就出版了好几本书。你看看我，东拼西凑弄了本论文集，还是自费出版。哎呀，高国镜，我跟你说，你不要再为没上成北京大学遗憾了，假如你上了北京大学，你还未必成了作家。"

教授的话自然是高抬了我。我望着未名湖和湖中的塔影，说了一句玩笑话："看来向往未名湖的人，也有了教授知晓的小名呀。"

那教授也与我开了句玩笑："你那个高中女同学，是不是还要钻到你的小说里去呀？嘿，她要在燕园，我把她也叫来了。可惜她在大洋彼岸哪。"

我有几分得意地说："她看过我的几本书。"

牧羊之旅伴山鹰飞翔

在二十世纪八十年代初，我一度当上了羊倌。那就算是我的牧羊之旅吧。

正是万木滴翠、百花烂漫的时节，我第一次赶着一群羊，奔向了那一道山梁。山里人放羊不用鞭子。如果羊群跑了，捡起一块石头，“嗖”的一下抛出去，“嘿”的一声，再叫一声“回来”，那羊群就回来了。再说，有领头羊带队，牧羊人也就省了一大半的劲儿。

放羊需要带干粮。那天的干粮是我妈烙的葱花饼，我又从院子里摘了两条黄瓜、两个西红柿，放在那个挎包里，挎包里还放着纸笔。

放羊是个美差。把羊撒到山坡上，我就先到山头上去了。那山头上有一棵白桦树，我就坐在白桦树下，写起了小说。那羊群从山坡下向山坡上吃草，我一边写着小说，偶尔抬眼看看那羊群。差不多到了中午，羊群也就到了它们午休的那个地方。羊午休叫趴晌。那地方有好大的一片石头，羊群在那石头上趴晌、反刍。我可以在这个时间里继续写小说。当然，我也需要吃饭。我就着黄瓜吃烙饼。吃完饭，就躺在大石头上的树荫下，歇息一会儿，然后继续写小说。

晌午过后，羊又到山坡上吃草。而这个时候，红金坨上空，忽然长了一片云彩，很快就电闪雷鸣，大雨就要来临。我赶紧斜挎着那个装着草稿的书包，奔向不远处那个石堂（山洞）。我还没钻进石堂，大雨就追着赶着地落到我身上。

这是一个只能哈着腰钻进去的石堂。实际就是一块大石头底下，有个容身之地。

我钻进了石堂，那闪电像疯狂飞舞的金蛇，不断地在我眼前舞来舞去。我有点害怕。“咔啦啦”一声炸雷，又一道闪电，怎么好像都是冲着我来的？我有点毛骨悚然和心惊胆战。我想背几句高尔基的《海燕》——

让暴风雨来得更猛烈些吧……

可一时间真的没有背出来。

雨下得更大了，哗哗的，好像已经分不出雨柱来，只是白茫茫的一片雨雾，急促地打在花草树木上。至于那羊群，因为经历过太多的风雨，它们好像已经不怕风雨，只是钻在树棵子里咩咩地叫着，没有跑。它们在扎堆避雨。

山雨欲来风满楼。风雨过后是彩虹。

天很快就晴了，红金坨也露出了真面目。果然出现了一道彩虹，跨越在青山之间，像一座七彩桥。

闪电挥舞着急促的鞭子

抽打着我的青春

我追赶着羊群

想着湿漉漉的诗文……

这时我听到山下有人呼唤着我的名字：国，国镜，你在哪儿啊？

那是我爸找我来了。父亲站在山下呼唤着山上的儿子，父亲怕儿子有个闪失，丢在了大山里。

第一天去放羊，我就赶上了大雨滂沱。大雨打湿了小羊倌。好在那天是我把那一群羊一个不少地又赶到了羊圈里。

从此我便开始了我一年四季的放羊之旅。

我断断续续放了两年多羊。在这期间，结识了一个同伴，他名叫国志。论放羊，他比我内行；论岁数，他比我小。自从我放羊以来，他爱和我去一座山上放羊。中午我们在一起吃饭。有的时候，他把十里八村的小羊倌都呼喊到一面山上来，七八群羊星罗棋布地集结在一面山冈上，就像七八朵白云在飘荡。我随身带着杂志，就挑出一篇来，念给他们听。那样的生活也很有意思。而我最感兴趣的，还是写东西，迟迟没有发表一篇。但，我没有灰心。我居然写出来了一部长篇小说。我得承认，我背后有支持我写作的父母。我没有被那群羊拴在青山上。如果我有事想去北京城，父亲是会替我放羊的。那天我就是挎着那一大书包稿子，翻山越岭，赶到了火车站；踏上了火车，下了火车又倒汽车，我的回力鞋就踏上了北京出版社那一级级木楼梯。

我将那稿子亲自放到了编辑老师的案头上，然后又踏着木楼梯，走在了人流里。捎带脚，我顺便逛了一回北京城。夜晚，我又乘着丰沙线列车，回到了大山里。第二天，还是一群羊陪伴着我。

望着白云和蓝天，望着远方，我期待着我那部书稿的好消息。与此同时，我还是写着小说、散文、诗歌之类的文学作品。

放羊是我的主业，但没有影响我往外跑和有些学习的机会。那都是因为我爸支持我的结果。梳理一下，放羊期间，我可是没少参加各种学习。

我参加了北京语言文学自修大学的学习，特意去北京报的名。从此学校接连不断地把教材寄到我手里，一连三年不断，每月一本教材，我基本上都在山上拜读了。我一次性交的作业是99首诗，并得到了老师的回复和指导意见。有一首诗就叫《青山上的大学生》。

北京语言文学自修大学的学习提高了我的文学水平，也开阔了我的文学视野。结业的时候，学校出了一本学员作品选，选了我的一首诗。

我也是鲁迅文学院的函授学员。我还被评为优秀学员。他们办的《学文学》杂志上，发表了我的小说《山野的呼唤》。

《北京文学》讲习所，我也报名参加了。我每个星期都到北京去听一次课，也认识了汪曾祺、王蒙那样的大作家。当然，他们不一定认识我。我上交的作业，也得到了一些好评。我还参加了《诗刊》社举办的函授学院的学习。我居然一连参加了三届。《当代诗歌》的函授班，我也是学员，《当代诗歌》发表了我的诗作。我一边放羊，一边在给自己充电，恶补我需要补充的知识。

我默默地承受着退稿的懊恼，一次又一次鼓足了勇气，还是想着一举成名天下闻。这退稿就是我成功的阶梯。这退稿是压力，也是动力。想想我少年时在大道坑种的那一窝土豆，居然能够把有人恶作剧压上去的一块石板，也给拱了起来，且在秋后长出了一篓子土豆。这说明，无论有什么压力和风雨，该开花结果，还是要开花结果的。

望着不远处的红金坨，那山给了我力量；望着空中的山鹰，那鹰也给了我力量。一块石头抛出去，打在另一块石头上，瞬间火花四溅。我灵感的火花又来了。

我一点也没有被那些退稿信压倒。我在青山和蓝天白云之间，在蓝天和碧野之间，在白羊和红花之间，在那些大大小小的石头上，我不断地放歌，也就是写诗。面对着眼前的苍鹰，我写出了长诗《鹰之歌》；面对着一条条蜿蜒的山路，我写出了又一首长诗《路》……

我问苍鹰你可回答？
我什么时候才能够用我的血
浇灌出我的诗花？
我问青山，我问白雾
成功的路啊在何处？
借一双苍鹰的翅膀
飞上云端去
扯一片白云当稿纸
写下我心头的话
把心寄给远方的她
不，我的心化作千万张请柬
邀请千千万万个观众
看那悬挂的银幕
银幕上放映着我编剧的电影
每一个画面都是
一幅现代化的蓝图……

写着剧本的同时，也写着大量的诗歌。可还没有一句诗变成铅字。后来就心血来潮，要出一本油印诗集。这个事得到了姐姐和姐夫的支持。于是很快，姐夫便把我那一沓子诗稿，用蜡版、蜡纸和蜡笔刻了出来，还设计了一个青山上飞翔着几只苍鹰的封面。很快，这本叫《鹰之歌》的油印诗集，就印出来了。这诗集寄出去了百八十本，得到了不少回信；这诗集在沿河城学校，也产生了不小的影响。那时沿河城的高中班已经撤了，初中和小学还有。于是那些初中生和小学生，可是没少在课上课下朗诵这诗集里的诗。有个别人见了我还背着我的诗开玩笑：

我问山鹰

我何时能够长上翅膀?

我问山花

我的诗花何时绽放?

先和山鹰借一副翅膀

我要飞翔!

借一股苍鹰的灵气

给我的诗插上翅膀……

算是心诚则灵、心想事成吗? 1981 年 2 月 1 日,我的诗算是插上了翅膀吗?那是我听广播剧《大海情》之后,写了一篇听后感,寄给了中央人民广播电台,几天以后,我就通过收音机听到了方明朗诵我那首诗的声音:

不是大海,却比大海更豪迈

不是大海,却比大海更气派……

中午,我是在北梁头的山上听到这首诗的。这让我激动得恨不得奔走相告,可向谁说去呀?那么多的花草树木,那么多的飞禽走兽,还有我的羊群,它们也长着耳朵,但它们听到我那首诗了吗?这可是从中央人民广播电台传出来的声音哪。

我的这首诗是在长篇小说连续广播栏目里、在全国广播剧展播的时段播出的,这是正午的黄金时间。我知道,在晚上八点钟,这个节目还是要重播的。

于是那天我就早一点把羊群赶回山,准备着晚上再听一次广播。没想到,我刚回到小山村,不少孩子就和我说:"国哥,中央电台都播送你写的诗了……"

那个夜晚是属于我的夜晚。晚上八点钟,我的小东屋里已经聚集了快一屋子人了,人们都在期待着听我的诗。那个小小的收音机,音量开到了最大,人们都望着那个收音机,立着耳朵,等待着那收音机里传来的声音。人们鸦雀无声地听着,这"听众"里自然也有我的父母。最高兴的人就是我的父母。

终于,扎在小东屋里的人们,通过收音机听到了那位著名播音员朗诵我写的诗的声音:

四化的风帆呦

在浪花的簇拥下开起来……

余音绕梁。人们说还想听，可是就是那么几句。但有的人评价说："话不多，这话真有劲哪。"

7 天以后，在沿河城的大槐树下、古戏台前，人们看着一张不大的报纸《广播节目报》，报上选登了 2 月 1 日广播的我那首《大海情》的诗。

人们居然这么看重这几行诗。他们奔走相告：咱们老高家出人才了，高国镜的诗上了中央人民广播电台，上了报纸……

那天，我站在北梁头上，望着那张报纸，望着高飞的苍鹰，激情澎湃……

青山上的青春不安分

秋天，树叶黄了又红了。山野又像一幅画了。春日里，梯田里的一棵棵杏树，形成了一层层杏花的梯田；秋天到了，那杏花变成了红色的杏叶，又形成了杏叶的梯田。这色彩斑斓的一树树杏叶，无论是从山下向山上看，还是从山上向山下看，都是一幅美妙的画，一首动人的诗。可是，我顾不得看这些大自然赐给我的诗画。那些天我又紧锣密鼓地写着一部电影剧本。

我之所以写剧本的积极性很高，主要是因为得到了当时文化部剧本委员会的鼓励。我的每一个剧本投给他们，他们都给了我充分的肯定。

高国镜同志：

你寄来的剧本《怒火》，看过了。这是一部在业余作者当中很难得的剧本。但是，希望你……

这希望让我看到了希望。我的又一个剧本“杀青”后，我又让父亲替我放羊，我要把那剧本亲自送到文化部剧本委员会去。在那间办公室里，我认识了一位叫毛瑞宁的编辑老师。毛老师很热情，她说我的文字是有些意思的。毛老师还送给了我几本他们编辑的《剧本园地》，并给我签了名。这更激发了我写剧本的热情。

那个秋天，庄稼都收割完了，不用担心羊群吃庄稼，这对于我来说也是最大的自由和解放了，因为我可以更专注地写剧本了。这是难得的黄金季节。杏叶落下来或不落下来，山羊都可以把身子立起来，把树叶吃到嘴里。那天在小梁头子，我又坐在一棵杏树下，着迷地写着剧本。虽然已经是深秋，杜鹃还在不远处“归归”地叫着。羊铃在不远处“叮叮咚咚”地响着。我的笔也在纸上“沙沙”作响。

当我忽然抬起头来的时候，却发现周围全是大雾，一时间什么也看不见了，不管是红金坨还是鸡冠子棱、大西茶还是北梁头东梁头，还是大龙包，全都被大雾笼罩和锁住了。怎么是这样浓的雾呀？这雾就像夜幕提前降临了，还是夜幕已经降临？我赶紧把稿子收拾进书包里，去找我的羊群。这时候我还能隐隐约约听见羊铃的响声，但已经不知道羊群去了哪里。羊群何处去？循着羊铃找羊群。

穿过一团团大雾，踏着一簇簇毛白草，我往山上走着。我没有手表。我不知道几点了。我只能听见杜鹃的叫声，还有牧铃声声。一时间我除了能够看到大雾，什么也看不见。说伸手不见五指，那是瞎话，但我也只能看出几米远。

除了大雾笼罩，夜色分明也笼罩下来了。开始，我还很乐观地唱着云雾满山飘的歌……可后来发现这云雾满山飘很可怕。

羊和人一样，有时候也是会犯糊涂的，也会迷路的，甚至也会遭遇鬼打墙的吗？那天我的羊群，就犯了迷失方向的“路线错误”。每天这些羊群一到近傍晚时分，会主动地向山下走，而那天的羊群却反之，来了一场逆行，于傍晚时分却都向山上走去了。羊也被大雾给弄得晕头转向，迷路了吗？它们害得我好苦。我只能去找它们。我怕狼吃了它们，老豹咬了它们。我必须把羊找回来，赶回到羊圈里去。于是我就摸黑找着羊群，一个人在崇山峻岭中找着羊群。夜，有时候是很可怕的。因为山中的夜，是飞禽走兽的世界。

一只杜鹃秃噜噜飞起来，吓了我一跳，我头发都要立起来了。我不敢轻易往前走了，但还是得往前走，因为我总觉得，我的羊群就在不远处。可又是云深不知处。

大雾还没有散去的意思。

终于，我听到山下有人在呼唤：“嘿，嘿……”

这“嘿”分明是在呼唤我呀。夜晚，山里人是不允许叫人的名字的，怕把魂叫了去。黑夜里叫着“嘿”，也让我看到了一线光明，我知道山下的人是在找我。我也听出那个“嘿”字，是我大哥的声音。我一时间没有敢回应什么，因为晚上听到呼唤，说是也不能应答的。

隐隐约约听到这样的声音，我便高叫着：“我在这里，我在大雾里……我找不回去了。”

那一轮太阳好像比任何一天都红。大雾去了哪里？我的羊群一宿没有回家，它们聚集在北梁头那一块巨大的山石上，形成了一座活的雕塑一般，冲着太阳咩咩地叫着，它们也是在呼唤我吗？一只苍鹰，在霞光里飞翔、飞翔……

冬天，大雪覆盖了山山岭岭，羊群咩咩地叫着，是在呼唤着春天吗？冬日是最难熬的日子。但我还是保持着一颗诗心，动不动还是说出或写出一首诗来，抒发我的青春豪情：

我追赶着红日

我追赶着白羊

我追赶着青山

我追赶着山花绽放

青春在青山上闪光

我被多少人遗忘?

不，没有多少人知道

我在山上牧羊

写着发不出去的文章……

哪儿刮来了一阵风？不，那是一只鹰，俯冲下来，一下子就把一只色彩斑斓的野鸡踩在了自己的利爪下。那天我的运气比鹰好。在我的吼叫声中，那鹰放弃了它抓到的野鸡。那野鸡被我拎到了手里。

两天以后，我便带着那只野鸡，坐火车倒汽车，奔了北京城的金台西路。在那栋大楼里，有我崇拜的一位诗人。当初我寄钱买他的诗集，他把钱给我退了回来，却赠送了我一部他刚出版的诗集。我是为了报答他，才想把这只野鸡送给他。这也叫千里送鹅毛吗？

那诗人眼巴巴地望着我，他说你的文笔不错，却还是个羊倌。他送给了我一大摞稿纸。但他没要我的野鸡。

我又回到山上放羊。

那天一只羊碰落了一块山石，那么大的一块山石，忽然之间翻滚起来，险些砸到我身上，是那只羊挡住了那山石，那羊的一条腿被山石碾断了，我却安然无恙。山石滚落下去，砸倒了那么多花草树木，把山地都砸了一个大坑。

石头也有翻身的时候。我还是在放羊。望着那只被砸断腿的山羊，一瘸一拐地走着。三条腿的它咩咩地叫着，想追随羊群，却又追不上……

在放羊的日子里，有一件事让我难忘也有所纠结。那天我在那一湾泉水边，捡了一架望远镜，高倍的望远镜。这架望远镜被两个勘探队员丢在了泉水旁。我捡着这望远镜后，急得满山跑，满山叫喊：“谁的望远镜啊？”

我一时间没有找到望远镜的失主。我就先拿着那望远镜，望了一圈四周围。所有的山山水水花草树木，忽悠一下都到我面前来了。可我在第二天，就拼命地追上了那两个勘探队员。我把这望远镜还给他们。他们并没有说谢谢。他们的回话居然是：“小伙子，这望远镜我们已经上报丢失，你要不还给我们，我们会得到一架更高倍的望远镜，苏联进口的望远镜。”

我无言以对。望着他们的身影渐渐远去，我是不是有点后悔、犯傻？如果那望远镜归为己有，我放羊会看到什么样的风景？不，还是把人家丢的东西归还人家，心里踏实。

如果我拿着那个望远镜，在山上放羊，倒也不错。可那之后不久，我却离开了那青山和白羊，到并不遥远的永定河畔的丰沙线铁路，当了一位守桥民兵。

那天，一只黄鹰在蓝天白云间悠然飞翔。我告别了那青山那白羊。

山水之乐八号桥

我背着一个好大的箱子，斜着身子走出小东屋、走出小东宫。这沉甸甸的大箱子里，容纳下了我的一床铺盖卷，还有一些书和稿子。从天上看，背着那个大黄箱子的我，像什么？像一座移动的小金山吗？我就一路走着，走出了狮羊沟，走过了沿河城，走在永定河畔，走向了我要去的丰沙铁路八号桥。

当我踏上丰沙线铁路八号桥的时候，心像桥下的永定河，在奔流着。一列火车呼啸着，钻出了那个隧道，冲我奔驰而来。那火车咯噔咯噔的，那大桥颤颤巍巍的，我躲到铁轨一侧的护栏前，先站了下来。

火车跨过大桥，又钻进了一个隧道。我很快便到那个隧道口的一排房子里报到了。此时已经是夕阳西下时分，给人一种残阳铺水中的感觉。大桥下的白色波浪，变成了红色的浪花。碧波也是红色的。

几句话，那位班长就把我带到了那个大房子里。一个大通铺，住了 12 个人，整一个班。直接对着门口的那个床铺，说是早就等着我呢。于是我便把那沉重的铺盖卷和一个大箱子，放在那个铺板上。一块标准铺板的尺寸，再加一个草垫子，再把我的褥子铺上去，这就是我的所在。好在是我过于苗条，铺板的一侧居然还能放下那个箱子。我要把这箱子当桌子，还是想写稿子。班长没有说什么，只说反正是每个人一个蚊帐，只要不出这个蚊帐的范围就行。

安置下来我才发现，我那床铺直接对着高而宽的门口。门洞的风是四大硬之一呀，我得天天头冲着门洞睡觉。而班长却说："也睡不了多少觉，俩小时一班岗，在岗楼子里边待的时间长。"

一列火车开过来，一时间什么也听不见，只感到这房子和床铺都在"咯噔咯噔"地摇晃。原来这房子的后墙和铁轨的距离，只有一米有余。火车开过来的时候，这房子也便成了火车。班长笑着说："作家，受得了这个滋味吗？放心，睡觉像坐在火车里，挺好受的。"

吃住，住有了，却还没有吃晚饭。班长去问大师傅，说是没有饭了，第二天早上再吃吧。

头一夜入住那与铁路相隔不到两米的大通铺宿舍，一夜都像在火车上颠簸着，不像在屋里。

感觉是坐着火车去旅行，其实是永远在那一亩三分地里当苦行僧。我用一首打油诗形容了那里的环境。

一条大河白浪翻
一座大桥跨两边
两个隧道黑洞洞
一列火车两头钻
四道铁轨何处去?
放眼四周全是山
一群野鸭飞去来
一群游人笑声欢……

看桥的生活就这样开始了。

我从不习惯到习惯。吃的主要是标准粉的馒头和最次一等的米饭。一勺炒白菜或熬萝卜，没几个油花。俩月吃了一顿包子，有个小伙子一两的肉包子居然吃了18个。物质生活匮乏，精神生活也不富有。没有电视可看。有一张《北京日报》，邮递员是天天能给送来的。这张报纸就成了抢手货。看桥的人往往会把这张报纸从头到尾全部看一遍。刚来桥上不久，我就在《北京日报》发表了一首诗，紧接着又发表了一篇小说——不过，大多数投稿都是石沉大海的结果。但，颓废和眼泪不属于我。

在青山之巅放牧白羊的时候，鸟瞰那山下的一脉绿水是美的，但有白羊拴着，不能到那河畔去；后来到了河畔守桥，仰望着青山，又觉得那青山是好的了，但我又不能回到青山上放羊了。我只能站在桥头上，眼望着两岸青山、一湾碧水，还有那水中奔腾的白色浪花。那都是美景啊。人家游人是来看美景的，我们可以说是守望美景的。人家坐着火车来了，又坐着火车走了；而我们这些守桥民兵，等于是24小时都固定在八号桥上，是不能像河水一般，去远行的。再美的景色天天看，也很难“相看两不厌”。可为了一天一块五毛钱，我就在八号桥上当了两年守桥民兵。

我很快便适应了那动感十足的环境，该站岗了，就钻到那个岗楼子去站岗；不站岗的时候，我就在蚊帐里的箱子上，偷偷写我的小说。我准备写一部中篇小说。桥哥们儿趁我不在的时候，偷偷掀开我那个箱子，偷窥我写了什么。他们看了几页，说写得不赖，可有些字不认识。我就给他们念了几段，他们都歪着耳朵听着，说是写得不赖。我也很快便和他们融为一体了。

好多的动静是影响我写小说的。但这本来也不是我写小说的地方，我不能说人家干扰了我。何况，他们对我都是敬重几分的。早上起来，把刷牙水都给我倒在了茶缸子里。如果他们到什么地方摘来一些果子，必定是会给我投到蚊帐里几个的。去邻村看电影，他们总是说要用自行车带我去。他们还要教我学骑自行车，可我不敢学自行车。而他们里头的好几个人，是可以在铁轨上骑自行车的。那就不是一般的技术了。

最热闹的是星期天。那天会有不少游客前来这一带旅游。当年的那一带山水，简直就是旅游胜地。那里的珍珠湖、亚洲第一拱桥，都是很值得城里人前来观光旅游的。绿水青山中的红男绿女，是一道迷人的风景。望着人家成双结对地嬉戏，我们是不是也很羡慕？这山山水水是人家的乐园，也是我们的乐园吗？

山水之乐八号桥

眼望游客在逍遥……

尽量回避人家，还是钻在蚊帐里写小说去吧。偶尔嫌闹得慌，我也会到河畔的绿柳和黄花间，胡乱写一阵子。

就这样，不出两个月，我就完成了那部叫《长河东流去》的小说。六万字的中篇小说，都是在那个大屋顶下，在那个随时都颠簸着的蚊帐里写出来的。大部分都念给了桥哥们儿听，他们说我是写的他们。

我在那个动荡的大屋子里，经受了几百个日夜的颠簸，也结识了许多性格各异的桥哥们儿；那里的工作和生活有枯燥的一面，但那里又充满着诗情画意。举头便是奇峰峻岭，俯首笑看大河奔流；来来往往的火车，把这里和北京城拉得很近。但我们看火车，却没有坐火车的份儿。如果去买菜，也只有班长才可以去。

平日里，我们站在岗亭那里，如果有票车过来，也就是客车，我们是要行注目礼和举手礼的。车窗里有些浪漫的姑娘，往往也会向我们摆手。至于那些驴友，有时候也送我们一些啤酒和易拉罐饮料喝，因为我们有时候就等于是他们的义务导游。八号桥连着七号桥。七号桥被人称为亚洲第一拱桥，俗称“罗锅桥”。那一带的山水就更加美丽。初春的崖花倒映在水里，谁有幸见到？秋日的黄栌倒映在水中，给人一种水火交融的感觉。我们望着那样的景色，也想偷着乐。在那个秋天，那位被称为“浪里白条”的桥哥们儿，划着他家的小船，带我去珍珠湖里打鱼。我们居然打捞上来了少半船各种的鱼儿，主要是鲤鱼、草鱼、鲢鱼……那是我在永定河里得到的好大的一次收获。

而那之后不久，我就离开了永定河畔，到燕山脚下的潮白河畔，开始了新的生活。但我从没忘记那守桥的日子，那守桥的哥们儿；没忘记那来往的火车，奔腾的大河……

“马贩子”的春天

30多年后那个春天的早晨，涿鹿城的表弟杨志宏给我发了一段桑干河的视频，并微信留言：二哥，昔日你牵着马，我目送你走在桑干河畔。如今，你成了作家……

我回复表弟：是的，当年我当过一段“马贩子”。我永远难忘桑干河畔人家……

1985年2月，尚没有春的迹象，枯草间没有露出半丝鹅黄，柳梢头也没有半寸嫩绿。当时我新婚不久，所谓蜜月还没有度完，我就摩拳擦掌，准备着要当一次牲口贩子了。合作人是我岳父，还有一位搭伙的人——那位牲口把式，也可以说是牲口贩子老孙头，实际上他的身份是一名提前退休的煤矿工人。老孙头大高的个子、大长脸，是一个闲不住的老汉。他和我父亲的交情不错。他是距离官厅水库不远的孙庄子的人。北京这边的人一般都称他们为口外的，也叫塞外。当时我和岳父介绍了老孙头，岳父就想让我牵线搭桥，与老孙头合作一把，倒腾点牲口，还有马车，从中赚几个钱花。这事说定后，岳父就让我一个人打前站去了。

那天空中飘舞着稀稀拉拉的雪花。我在官厅站下了火车，便顶着零零星星的雪花，打听着路，奔孙庄子去了。

傍晚我到了孙庄子。老孙头一家人，对我热情有加。四盘点心一壶茶，先摆在了桌上；又从地窖里捡出两盘金黄的梨，用抹布擦了，让我吃。那个村庄极度缺水。但那天晚上他们还是犒劳了我，给我提供了半盆洗脚水。老孙头的小闺女，名叫孙静。她才17岁，长得挺秀气。她称我高大哥。

那天我住在老孙头家里。那地炉的炉火像地下冒出来的一轮太阳。那宿觉睡得挺香。早上起来，推门一看，眼前却是银白色的世界了。但即使大雪封门，老孙头说还要到矾山赶集，那天是矾山的集，我们准备到集市上买牲口。到矾山集市，七拐八绕是可以坐一段公交车的，可老孙头说是赶公交车还没有抄近路走着去矾山快。他说：“小子，咱俩就走着吧。”我说行。我们就走着去了。

白皑皑的雪山。上山似乎容易，下山却难了。尽管我是山里人，二十七八岁，可到了那个大山梁上，往山下一望，我却有点胆战心惊。而我和老孙头的任务，就是下这座山了。山路陡峭，滑得站不住脚。老孙头见我胆小，就用他带着的红色尼龙绸袋，在前边给我掸雪。每到险要关键的地方，他都用那红书包给我掸雪；他怕我一失足滚落下山坡或悬崖，后果就不堪设想了。那个红书包让我看到了希望，让我的心头有了暖意，甚至诗意。老孙头指着山下不远处的矾山镇，跟我说快到了。我的脚下也就有力、有根儿了。赶上即便是跌倒也不会有大闪失的地方，我就出出溜溜跑一阵，哪怕是摔一跤也不怕。

毕竟是初春的雪，山上有，山下积雪就不多了。当我们到矾山集市上的时候，就见不到什么雪了；抬眼望望山上，还是白雪茫茫的。幸亏我没有从雪山上摔下来，我是从雪山上走下来的。我感谢老孙头手里那个尼龙绸书包，红色的。

我的双脚总算落到了矾山地界上。矾山，是我八辈祖宗的老家，寻根问祖，也是我的老家。矾山可不是一般的地方，那里还叫黄帝城。那是黄帝、炎帝与蚩尤征战的地方。据说在黄帝城的地下，埋藏着大量的陶器之类。可当时的我，哪顾得上寻根、看什么黄帝城。那老孙头与我，目的就是买几匹骡马，挣几个钱。

那天在集市上看上了好几匹马，枣红马。我虽然当过兽医，但在老孙头面前，我还是个门外汉，人家是地地道道的马贩子。老孙头买牲口，不用嘴讨价还价。他也不让我讨价还价，我也不会讨价还价。买卖牲口的价，是“掐”出来的。有心交易的双方，把两只手交织在一起，互相捏手指头。双方都在说：这个数。但我是不知道哪个数的。等他们“掐算”完了，也许会告诉我那匹马的价格，是七百五，还是八百五？我对于这，不太在乎。我不爱算小账，是个“二百五”。

那天成交了一匹马。那马的主人就牵着这匹马，“咔咔”地离开了集市。我和老孙头相跟着。但那马的主人却不说这马成交了，说是没卖，牵回去了。这是为了避税吧？

那天午后，我与老孙头就牵着那匹马，奔了老孙头的大闺女家。老孙头的大闺女嫁到了桑干河畔，一个叫七堡子的村庄。七堡子盛产葡萄。还在半山腰里，我就望见了一条河，在阳光下滚滚地流淌着。老孙头说那就是桑干河。那天我们就走进了他大闺女家。女主人是一位细高个儿、白脖子净脸儿、干练爽朗而又热情的大姐。这大姐就是老孙头的大闺女。我叫她孙大姐。孙大姐在村里开了一家面粉加工厂，因而日子过得还算殷实。

我与老孙头去的前一天，孙大姐在压挂面的时候，一只手不幸受伤了，缠着白色的纱布，还吊着夹板。因此，孙大姐只能用一只手给我们沏茶，并用一只手端上来四盘点心。她还要用一只手给我们包扁食（饺子）吃。老孙头不让她包，她便生气了，责怪老孙头，她说："小子（指我）好容易走到咱们门儿上来了，就应该给包扁食吃，迎客扁食吗！"她又夸我："长得俊乎乎儿的，听说还能写文章哩，哪能错待哩！"

老孙头犟不过闺女。孙大姐干活果然麻利。一只手和出了一大团雪白、劲道的面。面醒着，孙大姐就用一只手剁馅、拌馅。我不落忍，就帮孙大姐包开了饺子。别看孙大姐只能一只手干活，可她的麻利动作却胜过不少用双手的妇女。她不断地洗手，洗得特别干净认真。她一手擀皮，一手包……她把皮放于案板上，搁上馅儿，转眼就包好了一个饺子。那饺子活脱脱像小羊羔，像大玉蝶，像白色的花朵，像皎洁的弯月。一会儿我们就包好了两盖帘儿饺子。我包饺子也是很内行的。孙大姐还夸我："小子长得俊乎乎的，扁食也包得俊乎乎的。"

我和老孙头都说饺子下酒，越吃越有，别让孙大姐做菜了。可她不干，她说："嘛（没）菜还行哩！"于是，她又煎炒烹炸，打点出了八盘菜。望着那满桌香喷喷热腾腾的菜，我感动得不知说什么好。这一切几乎都是孙大姐独手操作的呀，就连那蒜汁也是她一手捣的。白花花的羊肉饺子上桌了，红彤彤的葡萄酒进杯了。在桑干河畔那家热炕头上的饭桌前，我有几分难为情地吃着美味，品着美酒，并不时地望着孙大姐缠着白纱布的手……孙大姐用一只手给我夹菜满酒，并连连用方言说："插（吃）吧，多插（吃）点。"

我有生以来第一次吃独手包的饺子，第一次在桑干河畔吃饭。孙大姐让我感到了天地间的暖意、人与人的真情。

那天傍晚，由于我执意要到河对岸涿鹿县城去住。孙大姐也就没再挽留。她找来她的小叔子，让她小叔子把我背过河去（那段桑干河没有桥）。她小叔子比我小六岁，比我矮半头，可他却穿着雨鞋雨裤，蹚着没膝深的冰冷的河水，深一脚浅一脚地将我背过河去……当时他那么壮的身体都大汗淋漓了。那小伙子不断地说："大哥，你趴好就行了，不要害怕，我不会倒下。"他蹚着浑浊而又奔腾不息的桑干河水，一步步向河岸涉水前行。我不落忍，可又没有什么可报答的。

过了河我才发现，那孙大姐还在河对岸望着我，她手上那块纱布白得耀眼。她向我挥着手说："以后还来呀！"我回望着孙大姐，只觉得夕照下的她更加高大，如一棵北方的白杨树。望着半河红彤彤的晚霞和身边背我过河的小伙子，我的心热乎乎的，嗓子欲哽咽了，眼似要流泪了。恰好一群大雁鸣叫着，从南方飞来了。

那天晚上，我第一次来到了涿鹿城边上的大姑家。第二天，文章开头所说的表弟杨志宏，给我照了一张相。在他们家的两天，每顿菜差不多都是蒜瓣炒肉。那蒜瓣是大姑父留的种子。后来我写了一篇散文《大姑与大蒜》。

还是在那天，我又和老孙头在涿鹿集市上接头了。涿鹿城，那是多么古老的一座城啊。那城墙、那古建筑，都是我未曾见过的。可为了买牲口，我似乎对涿鹿城并不感兴趣。那古城似乎跟我关系不大。而如果往前倒腾几十年，四十年代末到五十年代初，我的爷爷和父母，是在那里住过好几年的。后来又回归到了那个偏僻的京西小山村。

涿鹿城，是城也像乡村。那里的集市贸易发达。就在那天，老孙头又在涿鹿大集上买到了一匹马，还买到了一挂马车。老孙头牵着马，有时候我也牵着马，"咔咔"地走在桑干河畔，显得耀武扬威的。表弟站在远处，目送着我……

那天，老孙头打发我回他家——孙庄子。他说他还要奔一回矾山镇。我只好听他吩咐，又回到了孙庄子。晚上，家里只有他的小闺女孙静。孙静已经包好了扁食，羊肉馅的。我感觉晚上在他家住不方便，提出去住店。孙静就说："高大哥，你还这么外道哩？谁出门也不背锅、背炕，我能让你住店去？你和我爹是啥交情哩？"后来孙静就叫来一个7岁的小姑娘，与她做伴，于是我们三个人就在一个屋顶之下"晚安"了。地炉的火口像一轮太阳，投射在顶棚上。石板炕滚烫。

第二天，孙静给我拦了一辆大拖拉机，我便搭乘着拖拉机，奔了官厅镇。途中，拖拉机翻车了——幸运的是，车上所有的人都无大碍。我从翻扣着的车斗里钻出来，居然没有留下半点伤痕。

那之后不久，我岳父和我的一位同乡，将我们买的那一堆牲口和马车，从桑干河畔日夜兼程，赶到了燕山脚下的潮白河畔。这个差事我没参与。我也没过问这些车马赚了多少钱，只知道岳父后来成了一位赶大车拉脚的车把式。我肯定是不想当马贩子，也不想当车把式的。

那年三月，我便到顺义的一个小镇文化站工作去了。从此也算是改变了命运。我这个曾经当过羊倌、当过“马贩子”的山里人，如今已经是一位出过20本书的作家了。

这些年里，让我难以忘却的事情很多，但和老孙头与老丈人“贩牲口”的事，难以忘怀。难忘那个叫孙庄子的村庄，那个叫孙静的姑娘；我曾经给孙静写过一篇散文《塞外少女》，发表在《散文百家》上。后来又写了一篇小说《白雪地红芍药》，发表在《天津文学》上。人物原型也是她。

难忘七堡子那个农家，那位用一只手给我包饺子的孙大姐，那位背着我走过桑干河的小伙子……最难忘老孙头拿着红尼龙绸书包给我扫雪的情景。他们的形象时常浮现在我的脑海里。然而，我后来却没能再见到他们。我曾写过一篇叫《桑干河，追求的河》的小说，就是写的老孙头一家人。估计他们不会看到这篇小说。我能用什么报答他们呢？那向北京方向、向永定河奔流的桑干河呀！

金山银山两幅画

我第一次把她领到京西大山深处，那个叫东宫的小山村的时候。她指着西南方那一座大山说：“那叫什么山？”

我说叫红金坨。

她问为什么叫红金坨。

我一时间没有回答。我们驻足村头，都在眺望着并不遥远的红金坨。红金坨是好大的一座山。那山连绵起伏，巍峨壮观。我问她：“你看这山的形状像什么？”

她问：“像金字塔吗？”

我说：“有点像金字塔。”

她又问：“这山为什么叫红金坨？”

我说：“因为红金坨上有金子。传说红金坨上有三件宝。”

她赶忙问：“哪三件宝？”

我说了三句顺口溜：

金鸽露着蛋儿

金锅露着沿儿

金镐露着錾儿……

她不禁哎呀一声：“红金坨上有这样的宝贝？”

我接着刚才的顺口溜说：“就是谁也看不见。”

她却说：“我看见了。我看见红金坨上的三件宝了。”

我知道她是开玩笑，但又不像是开玩笑。

那天我和她说了我在这之前做的一个梦。我梦见一只美丽的金凤凰，翩翩然就从红金坨那边飞过来了；凤凰飞过的地方，燃烧着灿烂的朝霞，盛开着烂漫的野花。

她说：“你这个梦像是诗人做的梦。”

我也幽默地说:“可这梦就要变成现实了，金凤凰不是要飞到红金坨来了吗？”

她没有言声。她只是专注地望着红金坨，绝对是与红金坨相看两不厌的意思。

我说：“红金坨的形状很神奇，变幻莫测的。站在不同的地方，从不同的角度看，红金坨的形状是不同的。”

她说：“果然如此。”她说朝霞里的红金坨，还真的像一座金山。她望着红金坨上的一只金雕，在霞光里久久地盘旋。她问我那是一只什么鸟。我说是一只金雕。

在这之后不久的不久，我们便在红金坨对面那个叫东宫的小山村里，成为志同道合的伴侣。那两间房的墙壁上，贴着两幅画。一幅画是她从娘家带来的，也可以说是她的嫁妆。这幅巨画是一幅中堂画的印刷品，画面上是一只金色的凤凰，或者说是彩色的凤凰。画的题目叫《丹凤朝阳》，还配了一副对联。这幅画是她一年多以前被评为北京市三八红旗手而得到的奖品。看了这幅画后，我就惊叹地说：“这画面上的凤凰，就像我梦见的那只凤凰。而今这金凤凰就贴到咱们洞房的墙上来了。”

墙上还有一幅画，那是我的一位画家朋友给我画的一幅国画，画面上是一只金雕，蹲守在山崖上，高瞻远瞩的样子。这幅画没有装裱，就那么贴在墙上了。

在蜜月期，她让我带她去看红金坨。我还是和她开玩笑：“你真在红金坨上看到金镐、金锅、金鸽子蛋了？”她说看见了。我当然知道她是什么意思。我说：“金镐、金锅、金鸽子蛋，都掌握在咱们的手里。咱们的手里掌握着比红金坨还高的金山银山。”

她说是的。

那一天的红金坨，沐浴在晨曦里，像是一座金山。

后来的后来，我们就离开了老家，也离开了红金坨，到另一个区县发展去了。她考上了供销社系统的长期合同工，我凭着一本自己作品的剪报，成了一位乡补干部。

离开老家时，我背着沉甸甸的一大箱子书稿。我不断地回首望着红金坨。那天我想到那面墙上，还挂着两幅画，一幅画是金凤凰，一幅画是金雕。我说应该把那两幅画带走。她说不用带了，下次回来再看吧。

后来我们多次回老家，那两幅画都还在墙上挂着。每次回老家，我们都要好好地看一看红金坨。赶上深秋时节，红金坨上的树叶子金灿灿红艳艳的，红金坨就真像是一座金山了。那天她和儿子说，她看到红金坨上的三件宝了：

金鸽露着蛋儿

金锅露着沿儿

金镐露着鋬儿……

儿子说："妈妈，我怎么没看见？"

她说："你往远处看，你就能看得见。"

我也说："儿子，你往远处看，你就能看见金镐、金锅、金鸽子蛋；你往近处看，咱们家里就有金镐，我们在用金镐开掘明天的好日子；我们在用金锅煮着比金鸽子蛋还香的鸽子蛋。"

儿子说："爸爸妈妈说话，总像是背诗一样，我听不懂。"

我又说："听不懂你就往远处看，远处是金山银山；你往近处看，近处还是金山银山。只要我们的眼睛还睁着，只要我们的手脚还能动弹，我们就有金山银山。"

一年又一年过去了。一转眼，时光过去了30多年。在这几十年里，我和她亲手营造了三个家：农家院、楼房、海景房；我们出版了20多本书，发表了1000多篇作品。我那一大箱子退稿，后来都被她重新抄写了一遍，大多都变成了铅字，变成了银子。照她开玩笑说是变成了金山银山。

而今我们已经步入老年了。我们除了写小说，就是想老家了。想老家那座名叫红金坨的山。想老家的墙壁上，曾经挂过的那两幅画：金凤凰和金雕。随着岁月的流逝，我们得到了不少人的字画。但，我们最感到珍贵、最不可忘记的还是那两幅画。那两幅画经过了太多的烟熏火燎和热气的扑打，早已经面目全非，也不知了去向。因为父母故去后，那房子早就没人住了，甚至都要坍塌了。可我们却始终没有忘记那墙壁上的两幅画。

现在我们最想去的地方还是红金坨对面那个已经没有人烟的小山村——东宫。我还是想站在东宫的山坡上，听她说她看见了红金坨上的三件宝；我们还想带着儿子和孙子，也能让他们看到红金坨上的三件宝。还有，我们真想再找回曾经贴在土墙上的那两幅画：金凤凰、金雕。

昨晚我又梦见红金坨了。我又梦见那两幅画了。我又梦见我们的父母，过着比咱们苦一百倍的日子，却用铁镐土里刨食，用铁锅煮着野菜，为咱们开垦今天的好日子。

第三辑

八方之旅

读万卷书，行万里路。这八个字看起来一目了然。读万卷书不容易，行万里路在这个年代，也许就不那么难了。不过，我还是很难走遍祖国的大好河山的，哪怕是走一半呢。即便没有到过更多的去处，也还是看到了不少的风景。我也算得一个驴友了。

那年江南行

从2007年5月到2023年5月，这是多少个年头？此间，我有过多少次出游？而那一次，却是一次最难忘的旅行。当年《北京文学》寄给我的邀请函，我至今还保留着。与此同时，《北京文学·中篇小说月报》编辑王虹艳给我的阅稿信，我也收藏着，还包括那些江南游的照片。

双喜临门的事是一不小心就会发生的。我在2007年4期的《北京文学》上发表了一篇小说《窑神》，5月份，不算是幸运作者，而是作为幸运读者之一，我参加了与《北京文学》的编辑和著名作家，前往华东五市畅游祖国大好河山的活动。

5月23日那天，我们北京地区的作者，在《北京文学》社长、副主编章德宁的带领下，在北京站乘火车一同前往华东五市。章德宁老师属于那种高大却又苗条，白皙而又秀气，和蔼可亲，和颜悦色，又带着十足文气，却又爽朗能干的编辑家。她衣着得体，说话得体。我们跟着大美女社长出行，游览大美河山，自然是很幸运了。当时《北京文学》的经费并不宽裕，却拿出银子来，去开阔作者与读者的视野，激发他们写出更好的文学作品，这自然是功德无量的事情。章德宁社长不光是看稿子独具慧眼，且精明能干。凭着她对文学事业的执着、热心和人脉，她拿出了唐僧西天取经化缘的精神，为了把《北京文学》办得更好，为了培养更多的作者，才促成了这次活动，给我们提供了这次作者与编者、编者与读者，也包括与名家相聚、畅游南国的机会。

“日出江花红胜火，春来江水绿如蓝。能不忆江南？”我们就要去江南了。我去过几次江南。这一次去江南，可不光是游览，而是一趟文学之旅。除了我本人，全国还有19位和我同样的幸运者，从四面八方、五湖四海奔向同一个旅游胜地。

高铁的效率就是高。我们很快就到了第一站——南京。

“杏花春雨江南……”此时节不是江南的春天，恰好是江南最美妙的夏天。

五月的江南，谁说不是最美的江南？我从小就神往南京长江大桥，而那天我是第一次坐车通过南京长江大桥。

南京，我们那几十位幸运者都聚集在了南京。在一辆中巴车上，我们彼此知道了各自的名字。一路上欢声笑语。有人还拿出酒来，啃着大萝卜，喝了一气。

下车后，赶上了一场蒙蒙的江南细雨。我们是在雨中开始旅游的。南京的雨，有别于北京的雨。雨还是让我们撑开了雨伞，走在如诗如画的美景中。一路同行的人，有编辑部主任关胜利，有著名摄影家、《北京文学》的编辑、诗人王童老师，还有编辑王虹艳、黑丰、白连春等。作家里有王梓夫、温亚军等。我们在一起，顶着细雨，登上了阅江楼。站在阅江楼上，长江尽收眼底。

同一天，我们又登上了中山陵。登中山陵的时候，天空依然淅淅沥沥下着小雨。江南雨，都快要让我们成湿人（诗人）了。

南京的雨。我们在南京的雨中，吃到了南京特有的咸水鸭，买到了南京特有的雨花石。在总统府前，我们留下了凡人的身影。想起毛泽东那首《人民解放军占领南京》的诗，有谁不发出感慨？

南京难舍。我们很快又到了无锡。无锡有灵山，灵山有多灵？站在灵山下的菩萨脚下，我们仰望着菩萨的雕塑，又躬身拜着菩萨。那一刻，阳光普照。那是佛光吗？

告别了无锡，我们又前往苏州。苏州，我梦都没梦见过的苏州。苏州的园林，是天下最美的园林吧？苏州的古镇、苏州的古桥，当然还有枫桥，枫桥风景区。谁不知道张继的《枫桥夜泊》呀？我与大诗人张继的铜像为伴，摄影师王童给我留下了永恒的瞬间。苏州，哪一处都值得留影啊。水乡的美，是山乡能比的吗？北方也有石榴花，可有南方的石榴花红吗？在北方，好像用不着多少雨伞。可到了南方，雨伞就成了人人不可或缺的随身雨具，成了每个人的一景。那雨伞可不光是挡雨的，也是遮阳的。我们时不时撑着雨伞，走在江南的“雨巷”里。

上有天堂，下有苏杭。“欲把西湖比西子，淡妆浓抹总相宜。”我们来到了西子湖畔。“十年修得同船渡”——我们一行在一条船上，游览了西湖。西湖有多美？谁也说不出。沉浸在美景中，还有必要说美吗？花港观鱼，谁说那不是好去处？

五月，红五月，杭州的五月，肯定是最美的季节。

中国有个最美的古镇——只能说之一，那便是乌镇。乌镇有多美？也只能自己体验。我们走在乌镇的每个角落里，陶醉在每个角落里。在茅盾故居，在文学巨匠茅盾的铜像前，爱写作的我们，谁不想靠在大师的跟前，借点大师的灵气？男女结对，守护着茅盾的铜像，留下永远的纪念吧。章德宁社长，还有湖南的作家阮梅、湖北的作家余华洁，我们在一起，留下了美妙的瞬间。

在江南，每一处都是好景。江南山清水秀，出过那么多文人墨客，那里的文脉有多好，谁能告诉你？江南水乡，华东五市，到处流淌着诗意。乘小舟通过让我这个大高个要紧低头、慢猫腰的小桥流水的桥孔，前往沈园。沈园里到处都是诗。连那门口的山石和绿藤间，都凸显着两个大字：诗境。

万松书院——听说万松书院是梁山伯、祝英台“同窗共读整三载”的地方，还是他们化蝶的地方。这样的去处，还有第二个吗？在孔子的塑像前，我拿起那杆巨大的毛笔，直指金榜题名四个金色大字——我这一生是没有金榜题名时了，我祈祷我小儿子能有金榜题名时。穿着酱红色 T 恤衫的我，虔诚吗？

百草园——那可是鲁迅笔下的百草园。我居然来到了鲁迅笔下的百草园，鲁迅的在天之灵有知吗？“横眉冷对千夫指，俯首甘为孺子牛”的他，哪顾得上我们这些无名鼠辈。

大上海——南京路。我们来到了黄浦江畔的大上海。章德宁社长问我：“你以前来过上海吗？”我说：“是你带我来到了大上海。”在上海那个类似于北京簋街的地方，我们品尝了各种美味佳肴。我们畅饮着江南的黄酒。他们说我是借着酒兴，诗兴大发。

名刊要繁荣
《北京文学》搭彩虹
读者编者心相通
莫道江南百花艳
华东五市不虚行
告别何必泪朦胧
来日有幸再相逢……

没有不散的宴席。从江南归来后，我们一行人各奔东西，但又各自找到了一个找得着“北”的地方，那便是《北京文学》——《北京文学》成立了书友会。我作为会员，很快就把一部中篇小说投给了《北京文学》。时隔不久，便接到了王虹艳老师的回信。她肯定了稿子的长处，也提出了短处。这让我受到了鼓励与启发。王虹艳当时作为《北京文学》小说月报的编辑，对作者极为热心。随后她又看了我的一部中篇小说《门神》，并提了复审。虽然最终没有发出来，我还是很受感动的。不久，这篇小说在《都市》发表了，且获得了梁斌小说奖。后来我将其改编成电影文学剧本《门神》，发表在了2018年3月的《中国作家》影视版上。

还得往回说，回顾那个奥运年。2008年，我与妻子胡德艳合作了一部诗集《蓝色的梦》，出版后反响还不错。我将诗集寄给《北京文学》编辑部几本。没想到，那年8月的《北京文学》小说月报特刊选发了诗集里的一组诗《八月的诗行》。此刊能选发我们的诗歌，真是幸运读者又变成幸运作者了。

那年8月8日，北京奥运会开幕那天，《京郊日报》特约了我的一篇稿子，题目叫《我赶上了百年奥运》。那篇文章配发的便是我在苏州拙政园照的那张以花为背景的照片。

“年年岁岁花相似，岁岁年年人不同。”而今，距离那次华南游，已经过去了16个年头，但那次旅行还在我们的脑海里浮现着。当然，那次华南五市游，不仅仅是为了游览祖国的大好河山；目的更在于，在饱览大好河山的同时，激发我们的创作灵感，写出更多的好作品来。江南没白去，《北京文学》让我们那些文朋诗友们，找到了“北”——从江南归来后，我不断发现多名“驴友”的名字，出现在了《北京文学》和全国其他报刊上。而我自那以后，也发表了不少诗文，出版了不少书籍。

行走的留影

人与万古不变的高山大海相比，都是这个世界上的匆匆过客。在祖国的山水间留一堆影子，且还有几十张跑到了我的所谓著作里，并有一张人模狗样地走进了中国作家大辞典中。凭这些照片，后人知道我来过走过，我也该知足了。

——题记

层层大山遮挡住了山外的镜头，让少年的我连张照片都没留下。说来也有几次照相的机会，但又失去和错过了。一次是10岁那年，身为支书的母亲带着下乡干部在村头照相，母亲招呼我也去照一张，可我怕见人，背着采药的篓子，狍子一般蹿到山上去了。

又一次是上边来人采访我姥爷，让姥爷拿着他当年得的抗日爆破英雄的奖旗，给他照相。姥爷把我也揽了过去，于是我们爷俩就各自抻着奖旗的一角，一连照了好几张“红色”的黑白照片。可这相片姥爷盼了十几年，直到他咽气，也没见有人把照片给他寄回来。

18岁那年，照相馆的同志下乡为工农兵服务。姐姐舍出了七角钱，“咔哒”一声，就把我青春的影子永远地留在了那一瞬间。

遗憾的是，上高中时，同学们盼了小半年，说是毕业时要去天安门前留个影，但最终却未能留下一张毕业照。

1977年5月，我又借出差的机会，偷偷钻进照相馆，照了两张相。后来其中的一张放到了我写的书里，被一个打字员看见了，她笑个不停，直说我当年可是帅呆了。

其实照不照相，人都是要向前走的，但正因为向前走，似乎才有必要留张影。说来照相是与旅游联系在一起的。当初不叫旅游，叫逛北京，或叫逛公园，那时人们似乎也没有游历祖国山水的想法，以为走遍大江南北是领袖的使命，是诗人李白的事情，我等之辈只能在京门脸子边儿徘徊。

应名是北京人，但因身处京西的大山里，所以真正进北京城的机会却有数。

想来1979年五一节，也许是我此生中难得充实和轻松的一天了。刚过20岁的我，心血来潮写了一部长篇小说。借着往出版社送稿的机会，我悠然地逛了一回北京城。我先去了颐和园，站在万寿山上写了一首诗，下山后又在昆明湖畔照了一张相。一个面包加一瓶汽水，一天的饥渴都解决了。我穿着一双大回力鞋，“呱嗒呱嗒”徒步跑到了北京大学门口。望着我神往过的门楼，想着里面的一个女同学，心中的滋味就不大好说了。但那个时候我依然觉得心情放松，身心自由。那才叫逛北京啊，一个人，不存在跟队、掉队的问题，似乎也不存在失踪的危险。很随意。想走就走，想逛就逛。蹬上一辆电车才五分钱，即使坐错了车也没什么，反正都是在北京地面上，到哪里都可以逛公园。好在那时的公园门票实在便宜，在故宫里转上半天，才一毛钱；大多数公园，不过五分钱。照相也便宜。块儿八毛钱，就把两张黑白照片寄到家里去了。

记得天坛公园是小舅带我去的。他挎着相机，到处给我照相。我还装模作样拿着一本书和一把扇子，因而照出相来后，表妹就戏称我像个才子。但因那相片小而模糊，又是黑白的，后来想往书里搁，美编说不适合。想想那公园如此的万紫千红，诗情画意，再看那照片，就实在觉得那照相机的功能太低级了。

把逛公园换成旅游两个字，应该是八十年代以后的事了。第一次走出北京旅游，是在1985年初夏。那天我们一行几十人，坐着一辆租来的大轿子车，于凌晨两点起床，身上还带着干粮，乘车奔了承德避暑山庄。时间过于匆忙，在山庄前照了一张相，说是快相，却没来得及取，车就要走了。我急得直和那照相人说，千万把照片给我寄来呀。一周后，照片到了我手里，黑白的，2寸，两人同守着一只石狮子，两人都是我。

说起来正式照彩照，是1988年去北戴河。那天去鸽子窝看日出，人们都想照一张手托日出的彩照，但我最终没照成，白起大早了。可此次归来后，却收获了半相册的彩照。第一次过足了彩照的瘾，从此那彩照就与我相看相伴两不厌了。应该是从那个时候起，彩照才在城乡大流行、大放光彩。彩照成为一种新时尚以后，中国老百姓到底拍了多少张彩照啊！如果将这彩照铺在地上，当有几十个万里长城那么长；假如把这彩照贴在天上，蓝天处处会是一个彩色的画廊。

1989年开春，身为农民身份的乡文化站站长，我自掏腰包买了一架傻瓜照相机。从此不光别人给我照彩照，我也在记录别人的彩色生活。我还举办过几次影配诗展览。

后来随着旅游的升温，我的脚步也开始向远处延伸了，不延伸好像就跟不上形势了。给你黄金周，放你小长假，不就是让你出外旅游的吗，否则你就尽不到一个公民的义务。只要长两条腿的人，似乎都有必要走遍大江南北了。从前望着蓝天上银鹰的影子，比鸽子大不了多少，我悲观地以为，今生怕是连个飞机也坐不成了；后来发现，坐飞机也成了普通人的事，那机票要是打起折来，往往比火车出行还便宜哪。于是就飞吧，飞吧。飞到了海南，当然要在椰风海浪间留影；到过五指山，走过万泉河，连天涯海角都去过了，似乎没必要再远游了。渐渐才明白，"风景这边独好"的地方多着哪，于是又飞到了云南，脚印亲吻着七彩云南的红土地，更不会放过西双版纳和石林，哪怕是与那里的花儿鸟儿，也要尽情地合影。都过不惑之年了，还在大理与五朵金花（五个滇妹子）留了两张影。被美女簇拥着，似乎就是不虚此行的感觉。

为了支持港澳的旅游业，我与单位的同事们又把近俩月的工资送到了金紫荆广场和那个用黄金打造的厕所的一隅。渐渐地，我们都明白了，我们以为开眼养眼的旅游业，那就是给人送钱的善举。所有的景点都是聚宝盆。不管你是看城头、看坟头、看人头，都得把钞票花在前头；不管是看什么岭、什么沟，哪怕就是个有名的污水沟，只要你到此一游，那就得用钱去铺路。当然了，这钱花得值，因为你游历名山大川了，你与祖国的山山水水同呼吸共命运，与之合影留念了。即使你什么也没获得，甚至感叹，看景不如听景，可听景你听不来照片吧？那看得见的收获，那永恒的瞬间，全在那影集里了。

是的，只要翻开这影集，那就没什么可后悔的了。若不是爬到长白山上去，你能望见那一泓天池水吗？若不是有劳缆车吊到嵩山上去，少林寺能让你鸟瞰吗？若不是跑到海边上去，刘公岛的相师能和你要600元香火费吗？就别提钱了，就说在多少年后，我的子孙们望着我的彩照，说一声，我爷爷或是我太爷，活着时可没少出去转悠啊。那就中了，就OK了。

上有天堂，下有苏杭。上一年间，我去了两趟苏杭。2008年5月，我在那个坐落在杭州灵隐寺景区的中国作家协会杭州创作之家，度过了10天的创作假，同时也贪婪地照了一大摞照片。此时我的照相机也升级了，儿子给我弄了个数码相机。此间，我一连三日登上了毛主席三上北高峰的顶峰。那“杭州一望空”的感觉，也许就是每个游人的感受了。

是啊，我的照片队伍如今可是壮大了，一大摞相册里，有数不清的彩照；电脑里面，有浏览不尽的剪影。我走过小半个中国的人，还愁没一张满意的玉照吗？当然了，最神气的留影还在后边——谁知哪一座大山或哪一条大河，作为我下一张照片的背景啊？！

漓江桂林咏叹

在游览漓江的船上，我领略到了无数游人饱览过的风光。景是人家欣赏过的美景，而这笔下的诗行，却不是人家笔下的诗行。

象鼻山

人，不要像这头大象这么贪婪，否则，八百里漓江也会被吸干。

九马画山

即使看见九匹马，那也是大自然鬼斧神工的一幅画。若要渡江去，还得荡小舟，乘大船——水，永远是生命的源泉。

骆驼过江

不知道经过几千里跋涉，才来到这美丽的漓江岸边——置身在碧波荡漾的水中，莫忘了遥远的大沙漠；但愿，漓江别失去饱满和清澈，更不会在有朝一日，变成沙漠。

鱼鹰捕鱼

这鸟儿捕鱼的刹那间，过于勇猛和悠然。记住，只有不尽的泉水，才是哺育鱼儿的摇篮。

神笔峰

神笔峰固然神，但如果离去了那一江浓绿的墨汁，神笔也将失去灵气。

独秀峰

纵然天上有十万个神仙，也数不清桂林有多少美丽的山头。在林立的山头中，山峰靠山峰独秀。

蝙蝠山

山上的每一只蝙蝠，都在为山下的人祝福。

童子拜观音

不知童子为何拜观音，我拜观音，却为江山永在，惠及我们的万代子孙。

羊角山

桂林桂树成林，才引来这翻动扶摇的羊角，来到这里踏青游春。

莲花山

即使巨手也托不起这莲花山，我愿这碧莲花，盛开在每一个人的心间。

二郎峡

二郎何处去，只留二郎峡。神仙和人同希望：江山如画。

五指山

五指是在指点江山，还是在改造江山？五指的使命，首先应该守卫好江山。

绣山

山无水不清，水无山不秀。水是山的镜子，山倒映在水中，才有诗情画意。那一座座青山，全靠那一湾湾绿水养育。

冠帽山

虽然游过冠帽山，却从不曾想做什么官。当然，如果给我个乌纱帽，我宁可当天就把它丢掉，也要保住这绿水青山。无官一身轻，却愿轻舟已过万重山……

骑车去看升国旗

升国旗是一方风景，是我永远看不够的风景。无论哪里有国旗，我都抬头仰望。凡是我家电视中有升国旗的场面，我都会好好看一看。不但我如此，我的儿子更如此。小的时候，他总爱举着小手，升国旗；和我儿时一样，他还特别爱画国旗，唱国歌……有一天，儿子忽然对我说："爸，咱们什么时候去看看真的升国旗呀？"

是啊，我才意识到，我也没有亲眼看过天安门广场的升国旗仪式啊！尽管看广场升旗，也是我的一大愿望！那又怎么不去看呢？

按说家住郊区，离北京城也并不太遥远。可要真去看看升国旗，也有不少困难。国旗是伴随着太阳升起的。而在太阳出升之前，从顺义农村赶到天安门广场，简直不可能。那么早哪有长途车可坐呀！坐别的车也不现实。所以，这去北京看升旗，还真成了问题。可不去看吧，又觉得很遗憾，再说，儿子又时常闹着要去。我一天天，一月月，甚至一年年地哄着小儿，说："赶明儿咱们看升旗去。"小儿却不耐烦了，说："多会儿才能真去呀，净骗我！"我似乎真有点无奈。

别说，还是我那位妻子有主意，她说："要真想去北京看升旗，那咱们就骑车去吧。"儿子倒是立即响应。我却说："太远了吧！"我妻子说："比二万五千里长征近多了吧！为了国旗的升起，多少人洒尽了鲜血呀！我们骑车去看看升旗仪式，还有什么难处！"

好！妻子、儿子都不怕难，我还怕什么！去！于是，我们全家决定，骑车前往天安门！

9月上旬的一天，刚过午夜12点，我们便动身了。在这之前，我们备好了干粮，给自行车打足了气；都穿了一身好衣服，还带了一架照相机。一切准备就绪，出发！

真正是披星戴月，趁夜色前行，但我们还真没半点为难的情绪，而是充满信心地沿着乡间大道，一直向西行，奔北京……需要说明的是，我们没让小儿骑车，尽管他已会骑车，但因路远，怕他吃不消，我们就轮流带着他，不快也不慢地向北京奔驰而去……

原来以为很难的事，做起来却并不太难。用了不到四个钟头，我们就到东直门了。一看表，绝对误不了升国旗。到了东单，可有点傻眼了。几年不见，北京怎么变化这么大呀！在银街底下转了半天，才辨出了方向，嘿，差点奔了建国门！往西行的时候，两眼真有点不够使。尤其是东方广场的建筑群，实在令人惊叹；王府井的巨变，更让人流连忘返……得，回来再逛王府井，先去天安门吧！

我们骑着车，来到了天安门广场。此时，已有那么多人来到了广场，期待着五星红旗冉冉升起的时刻！我们三个人站在人群中，与众人一道，等待着那个时刻的到来！

终于，那个时刻来到了！在此，我不想描绘那升旗的情景——因为那情景在每个人的心中！在国歌奏起来、国旗升起来的时候，我止不住热泪涌了出来；我一看，我妻子的眼眶也湿润了；而我们的儿子，却默默地、默默地举起手来，向徐徐上升的国旗行了一个庄严的少先队员的敬礼……

五星红旗映着火红的霞光……

那天，我们全家人实现了在广场看升旗的美好愿望。

看完升旗，我们又去逛北京的其他地方。所到之处，全是一片日新月异的景象。

逛完北京，小儿什么也没买，只买了一面小小的五星红旗……

戒台寺五大名松

戒台寺，远近闻名。一寺五大名松，可谓卧虎藏龙，巧夺天工。与五大名松相比，我笔小如松针，但这松针之笔也还是想给这奇树写上几句歪话。

自在松

活像个悠闲仙子，又像个逍遥老翁，难得一副泰然自若的神情。与奔奔波波的人类相比，树更多了一百倍闲情逸致的福分。借自在松的几缕阴凉，人也消停一刻吧，何必为了几个臭钱而日夜奔命！

卧龙松

无疑像条卧龙，横空出世如虹，翘首望苍穹。天下父母总是望子成龙，谁知又有几多儿女难以成龙。你看这卧龙松，都成龙了，还卧着不起哪，凡夫俗子还指望像龙一样叱咤风云、呼风唤雨吗？想开了，稳坐钓鱼台，能钓几条鱼就钓几条，巴结不上的东西也甭巴结了。

九龙松

犹如九龙腾空，俯瞰苍茫大地，抒发九州豪情；人是龙的传人啊，树也有龙的灵性。只是龙生九子，各有不同。囚牛好音乐，睚眦好杀；嘲风好险，蒲牢好鸣；狻猊好坐，霸下好负重；狴犴好讼，赑屃好文，鸱吻好吞。看看，真龙之子都各有所长，何况是人哪。能干什么干什么吧，成了龙又能怎么样？龙作为中华民族的图腾，似乎无所不在，人人心中皆有，但谁见过一条真龙？这九龙松倒是名副其实的。

抱塔松

有几分忠诚，有几分多情，把金刚伽蓝佛师塔抱在怀中。游人当不会误会，那是一对情种。情种倒也可歌可泣，只要忠贞不渝到相拥千年也不肯分手；不分离倒也有其原因，也许那塔中有一颗舍利子，比一万颗珍珠还珍贵。抱塔（他与她）一万年，也值得。

活动松

牵动一枝万枝动，谁知是牵一发动全身，还是有何神灵？那风姿，那仪态，神仙见了也动容。只是那松心动身不动，不信你拍拍它的肩，牵牵它的手，它准不会和你潇洒走一回。人称活动松，却是一方永恒的风景。

戒台寺，以松闻名，五大名松露峥嵘。仰望苍松，又何必感叹我辈空空，难留功名——其实功名还不是岳飞说的尘与土！五棵松，默默无语，何时追求过功名？不求功名，不也成了名松？当然，你若有春松般的凌云壮志，迟早成了龙，也有可能？不过，光靠烧香拜佛，肯定难以成龙。

情系珍珠湖

珍珠湖其实是一个水库，叫珠窝水库。那水库活像丰沙铁路上的一颗绿色明珠，因而得名珍珠湖。珍珠湖之美，不光在于那一湾碧水，还在于那一弯桥梁。当年，我是那桥头的一名守桥卫士，因此对珍珠湖也就格外偏爱。

两岸青山夹着一汪碧波粼粼的水，水上架着一座气势雄伟的桥。那种结构的桥（没有桥墩），在亚洲只有两座。可见，永定河与那桥的缘分不浅。当地人管那桥叫罗锅桥或弯弓桥；作为丰沙铁路上的一座桥，那桥叫七号桥。那拱形的桥，横跨在青山碧水之间，恰似一道雨后长虹，美丽而壮观。那桥还像一张拉圆的弓，铁路是弦，奔驰的火车就似离弦的箭了；那桥又似一轮弯月，把湖水映得更美了；那桥像一条玉带，把青山绿水连接了起来，把北京和塞外连接了起来。桥的一头是一个长长的山洞，桥的另一头还是一个长长的山洞。桥与洞相连，山和水相抱，活像碧玉化作的玉篮；而那弯弯的拱桥，则像玉篮的提系，悬在湛蓝的天空。珍珠湖，她又像是一坛青梅美酒，令你醉意悠悠。

如果只是一湾湖水一座桥，也会让人乏味的。珍珠湖畔还有很壮美的青山黄崖。山是很高的山，却绿得迷人；崖是很险的崖，却又透着几分俏丽。崖上有一种花，叫崖花。崖花在早春时节开放，一簇簇一团团雪一样洁白；那花朵点缀在黄崖峭壁之上，好像仨一群俩一伙的白色小羊羔，活泼可爱。崖花不惧险峰，傲然绽放。而从北京城来游玩的小伙子们，却不怕山高崖陡，偏要猴子般爬崖登山，采下一株株野花，以表达他们对理想和爱情的追求。姑娘们不敢上山冒险，只在如云似霞的山桃花、山杏花丛中，眨巴着眼睛高叫："小心点，别摔着！……"

珍珠湖，她时常吸引来一群群男男女女的游人。那一只只小船在湖水中悠悠飘动，载着几分悠然几多情话；那一把把遮阳伞，遮不住青年人的浪漫与潇洒；那野花点点、野草葱茏的湖畔，青春的舞步在尽情旋转，镁光灯一闪又一闪，摄下了几多灿烂的容颜和多梦的年华；那泡沫四溢的啤酒，伴着一朵朵欢跳的雪白浪花；那五颜六色的游泳衣，把静静的湖水化作一幅奋发向上的彩色图画；那一堆堆燃烧的篝火，伴着阵阵笑声和歌声，迎来半天火红的朝霞……

珍珠湖——她的湖水就像她脉脉含情的眼睛，日日夜夜期待着游人的光临。夏日来，她向你捧出颗颗野果，点点野花；秋日来，忙了叶叶小舟，肥了满湖鱼虾；金风吹，黄栌似火，又红了山崖……

说来我也有几年没去珍珠湖了。但那拱桥下的一湾湖水却一直在我心中荡漾。时任沿河城乡党委书记的赵永高，多才多艺，心灵手巧。他用当地的一种玉石，做成圆牌，在上面画上了独特的风景，就是那一弯罗锅桥，一泓碧水。他送给我了一块让我爱不释手的工艺品。可我向我的时任领导显摆的时候，见他对这东西也爱不释手，我便把这玉石牌送给了他。而那珍珠湖，当然是会永远保存在我的脑海里的。

海南拾贝

飞跃云海

我乘银鹰海南行，俯瞰云雾千万重。云海茫茫银浪滚，云山座座玉龙腾。“阅尽人间春色”——匆匆。看，海南含笑把我迎……

游南山

竹林椰林，绿树成荫；花山花海，花团似锦。钟声伴着浪花，滚滚；鸟鸣伴着海风，阵阵。满目墨宝，满山诗画。南山处处，仙来神临？不求寿比南山长久，但求人比南山英俊……

天涯海角

到了天涯海角，才知没到天涯海角。总以为这里冰雪难消，却原来这里春光娇娆。早知天涯处处有芳草，何必不志在四方写诗稿……

五指山·万泉河

谁说先有五指山，谁说先有万泉河？不，红军从那里走过，那山那水才传遍祖国……《红色娘子军》的舞姿啊，永在五指山，永伴万泉河……

北京·海南

北京刚见海南燕，海南又迎北京人；北京才显柳丝绿，海南永远遍地春。

带回南国风

我看海南多妩媚，红花，绿树，碧水；草如洗过的绿呀，山如洗过的翠，连鸟鸣也清亮，优美。多想把南国的风带回，让北京的风沙有去无归……那时海南看我北京，比椰岛还明媚几倍……

毛公山

日理万机的毛泽东，太累了，在此静静地安眠，也许他在梦中还想着，“指点江山”，视察海南？……

鹿回头

回头的刹那，便化作了一位美丽的少女。看来，该回头时就回头，生命才会发生奇迹……

蝶　馆

蝴蝶进了馆，等于人入了棺，潇洒美丽的身影啊，何时回到大自然？

百鸟园

把百鸟关入笼中，怎么还叫鸟园？对鸟而言，再美的金丝笼，也不如碧野蓝天……

猴　岛

似乎比人聪明的猴子，却被人禁闭，戏弄！多少年呀多少代，才能诞生一个孙悟空？……

云南感怀

恨不得把双脚化成犁，插进那红土地里，尽情地耕耘下去；怪这拙笔只能写出黑字，却描绘不出七彩云南的诗情画意。有人赞叹我在云南拍的照片，还像个年轻的美男子，我说那是因为陪衬我的风景美丽；当然，风景独好的去处，不一定代表富裕。那歌舞那孔雀那蝴蝶那花朵那少女，未必就说明那里全是春季；玉龙雪山和滇池之水，也许能折射人生的冷暖和自然的神奇。买了一块玉，却不知丢于何处；导游姑娘赠予的蝴蝶标本，依旧收藏在书卷里。忘不了普洱茶的芳香，也忘不了过桥米线的滋味。往返于茶马古道的脚印和铃声永远不会消逝，而我们只能算匆匆过客。下面这几段蹩脚的文字，算是我对云南的留恋和感激。

七彩云南

无论哪一个季节去云南，那一片连绵起伏的红土地都是春天，因为那里是四季鲜花开不败的花乡和春城。一脚踏进去，那脚就舍不得从花丛中拔出来；两个鼻孔不够用，因为那空气里弥漫着太多的花香，远方的游人谁不想呼吸个够啊；两只眼睛不够使，因为看哪一朵花都是好的，那才叫眼花缭乱哪；两只手痒痒的，跃跃欲试，想采一朵花，但终归没敢采，那想采又不敢采的花才叫迷人哪，因为一旦将那花采撷下来，那花也就要打蔫了，随之也就要干枯了，或说狠点，那花也就要死了。谁愿让花死呀？便是林黛玉，也是不情愿葬花的吧。好在，那云南的花儿是采不败的，因为那花儿开不败。云南十八怪之一就是“鲜花称着卖”，所以那花就多得令人着迷和陶醉了。五十六个民族，五十六朵花。云南是少数民族最多的地方，也是花儿最多的地方。刚下飞机，便有如花的接站小姐把一束玫瑰献到我面前；而西双版纳那头大象，似也很多情，居然叼着花儿，献给热情的观众。那里的蝴蝶像飞翔的花，那里的孔雀像盛开的花；那里的姑娘们从头到脚的装束，像是一树树移动的山花。她们的背篓里装的是花，香袋里装的也是花；

人们所到之处，处处都是七彩的鲜花或干花。就连石林中的缝隙和岩缝里，也会探出一张张花儿的笑脸。那里才真正是一个花的世界，花的山，花的海，花的树，花的大街小巷。即使苍山之上的玉龙雪山白雪皑皑，山腰下也是山花烂漫，菜花金黄。特别是那些山茶花、杜鹃花、蝴蝶兰，都在热情地向我们招手。在傣家的竹楼上，有傣族少女把装着香花的香包套在我脖子上，而我却拒绝了。如今想来，总感到对不起那些天真少女。但我真心祝愿那些滇妹子，爱情比花儿更美丽，青春比花儿更蓬勃；生活比花儿更幸福，日子比花儿更红火。

临离开云南前，我们在那个走不尽看不尽的花卉交易大厅里，购得了一束束一簇簇一朵朵一把把一枝枝一篮篮云南土生土长的鲜花和干花。那花儿随着银鹰来到了北京。回家后人们才知道，这云南的花儿也许并不适应北京的环境。但北京的人却希望云南的人们，每一天都过得像鲜花一样五彩缤纷。

五朵金花

在云南大理古城门下，我正入神地望着苍山下、洱海边的烂漫春花，忽然有五个漂亮的姑娘向我围拢过来，她们就是所谓的五朵金花。那五朵金花就像五只蝴蝶，像五只孔雀，“唰”的一下子，就从四面八方飞到了我身旁，笑吟吟地说：“阿朋哥，照张相吧。”我还没有反应过来，她们就簇拥着我，摆开了一个很美的姿势和造型。那一刻我才知道什么叫盛情难却。那五朵金花围拢着我这个都快奔五十的男子，我还有几分羞怯，似乎也流露着身在美女间的幸福感觉。那五朵金花也许是怕我跑了，怕我不配合吧，她们还是叫着我阿朋哥，说是和她们照一张相吧，照相只要五块钱。我打趣说，一朵金花才一块钱，不少吗？她们便笑了，说是阿朋哥，那就再照一张吧。于是就又照了一张。而此刻我倒觉得，多照一张，反而欠下了她们太多的情似的，而情是多少钱也买不到的。那一瞬间是美丽的，也是永恒的；那果然是金钱可以买到的合影吗？只愿她们如花的青春，永远在红土地上、在玉龙雪山下绽放，或翘首山崖，或含笑枝头，或争奇斗艳，或“俏也不争春”，就像云南盛开的七彩鲜花一样，永远灿烂。

石林与阿诗玛

阿诗玛去了，那块神奇的石头便成了她的化身。仰望那彩云下山花间的奇石，我仿佛看到阿诗玛用玉指叩动我们的灵魂。在千奇百怪的石林中游了两个多小时，我恍惚觉得那石林太像天底下的一群人了。那石林也许就是我们的先人，但那石林未必就是未来的我们；先人化成了石林，我们也但愿自己的肉体化成将来的石林。石头是不朽的，人却可能是速朽的。尚有不朽的东西，便是作家用不朽之笔写出的不朽作品；倘没有阿诗玛与阿黑哥的不朽传说，石林里即使有千万神人向我们招手，也难得引来八方如云的游人。阿诗玛让当地的旅游财源滚滚，可阿诗玛肯定把金钱看得很淡，甚至讨厌金钱。不要以为自己的脚窝一落进石林，就给那里带去了一叠人民币。也许阿诗玛更想清静一会儿，笑看着石头上探出蓓蕾的山花，唱一首多情的山歌——因为阿诗玛太多情了。多情的人化成了一块亭亭玉立的美石，给云南石林带去了永远的神韵。

蝴蝶泉

蝴蝶泉远没有从电影中看到的美丽，泉边的蝴蝶也无想象中的多。泉水按平方米计算，据说才 40 平方米；此间所见到的蝴蝶，也不过三两只。但导游说，那泉水却是极其神奇和有灵气的，说是游客们要到泉水中洗三把手，一把交财运，二把交官运，三把交桃花运。也许因此，等待洗手的游客便如云如织又熙熙攘攘、摩肩接踵了。我本人对洗那三把手似乎看得很淡，迟迟不愿挤上前洗那三把手。并非虚伪的话，我向来对高官厚禄、金钱美女是不太在乎的，因而对洗那三把手并无多大兴趣。但，站在蝴蝶泉边，我对那泉水是充满了好奇的，我巴望着透过泉水，看到那一对沉潭的多情之人；巴望着从泉水边，找到那对痴情男女化成的双飞蝴蝶。可我什么也没找到。我只怪这里的人太多了，手也太多了，再美的蝴蝶也被吓跑了，再清的泉水也被污染了。不过，我对眼前的情景倒也可以理解。

这蝴蝶泉曾被称为“无底潭”，哪个人的欲望是有止境的哪？所以人们都在争着洗那三把手，盼着交那三种运。我并无什么脱俗之处。但我此刻也在想，假如在这泉中洗上一把手，能给自己的拙笔注入灵气，乃至于生出花来，让笔下的泉水流进读者的心田，让笔下飞出蝴蝶来，飞入人们美好的生活——那该是一种多么高远的境界呀。百年千年之后，蝴蝶泉或许会干涸的，再难听到泉水声；泉边的蝴蝶也许会消失的，再难觅到蝴蝶的身影。但那个美丽的爱情传说，肯定会有永恒的生命。

野象谷

据说，澜沧江是百万头大象的意思。可见，当时的澜沧江畔有多少大象出没，又是一道多么浩荡和壮观的风景啊。

而今，我们来到西双版纳的野象谷，想一睹野象的神采，却让我们失望了。无论我们走在遮天蔽日、生长着五千多种植物的热带雨林中，四处寻觅；还是走在几华里长的林中高架桥上，东张西望；抑或是坐在悠然的索道缆车上，听着葫芦丝在空中回荡，向下俯瞰，都难觅大象的影子。

尽管那林中的树木翠绿欲滴，花儿色彩斑斓，鸟儿啁啾歌唱，溪水潺潺流淌，也够让人心旷神怡的，但不见大象出没，还是有失望之感似的。后来倒觉得这也并不奇怪和可怕，那被称为野象谷的山谷中人流不断，连深涧和高空中都是游人，大象再胆子大，也只能回避了，或是躲在隐秘处、远处，悄悄地偷窥我们。何况，大象是没有国籍的，它们到泰国和缅甸去了，也是有可能的。我们没看到野象，但我们看到了人工驯化的大象表演。不过，我总觉得那大象缺少了点什么。因为它们对人类太百依百顺了。我不想看下去，因为那不是我心目中的大象形象。那天我买了一头木雕的小象，就算是没白去野象谷一场吧。

来自红土地的石子

在七彩云南秀山丽水间行走的日子里，不知什么时候一颗石子乘虚而入，钻进了我被岁月磨出孔和洞的皮鞋底的缝隙里，且多情地卡住，咬紧，就牢牢地跟随着我，到哪里也不离弃了。我抬脚望见那红石子，不过桃核大小，眼前陡然一亮，比发现了珍珠玛瑙还惊喜似的。我也是多情的，于是就舍不得将那石子掏出来、抠出来、掰出来、挖出来……不，就让那石子寄居在我的鞋底上，跟随着我吧。我还坚信，它是不会脱落的，不会悄悄地跟了我，又偷偷地要了鬼，再将我丢掉。我们既然有了这段缘分，那它就会与我相伴相随的吧。那石子简直成了我那只鞋的一个组成部分，说它是默默地镶嵌和依附在我的脚下，可它又发出了一阵阵似乎还很悦耳的嗒嗒的音乐般的声响；尤其在上楼梯的时候，它还闹腾得挺欢，当然是很有节奏的。但我对它却不生厌，亦不嫌弃。一路走来，似乎走遍千山万水，都离不开它了。

不想和云南说再见，但还是依依不舍地告别了。到了机场，我才发现，真正主动随我而来的云南特产，只有鞋底下那粒石子了。于是那石子就跟随着我，登上了飞机的舷梯，飞上星光灿烂的夜空，然后又遇上了雷雨——那石子随我在茫茫苍穹间飞翔，一直随我的老皮鞋降落到北京顺义的土地上。

踏进家门，我将那鞋底向上，定睛一看，那石子果然还在，还锁定在我的脚下，但此时我却再也不忍心把它踩在脚下了。我坐在春秋椅上，郑重地将其取出来，说是请出来也是可以的，然后拿到外面去，放在水龙头下，用自来水洗了又洗；又在掌中把玩再三，像托着个掌上明珠那般。过后，我找来一个罐头瓶，把它放了进去，又盛了半瓶水，才把它摆在月光照耀着的窗台上。我望着它，就像儿时望着刚摸来的小鱼，或是刚掏来的小鸟。

此后我常常端详着它，无论在阳光下，在月色里，它都闪耀着光泽，显得晶莹剔透，乖巧可爱，自然也可人。它在我的眼里，胜似一块价值连城的奇石了。

它在向我眨眼吗？那我们就“相看两不厌”吧；它在思念故乡吗？那就让它看看我在云南石林中的照片吧——我想它是来自石林的。我怎么看，它都是有灵性和灵气的，有感情的。若不，它会跟了我来吗？来了，那就是前世有缘了，那才真正是千里有缘来相会呀。倘它不钻入我的鞋底，那就是没看上我；倘我在途中抛弃了它，把它甩了撇了丢了，我的人生就少了一份诗意。什么东西也如此，随了你，你又珍惜它，那就是个伴，就是一段情，就是一缕挥之不去的记忆，就是一个牵肠挂肚的故事。就把这来自红土地上的石子，收藏在我红彤彤的心里吧。

跟着馆长去旅游

回想起来，那些年还真没少出去旅游。我还写了几句顺口溜：

跟着导游去旅游

吃喝玩乐不用愁

东西南北没转够

将来还想当驴友……

我倒是没有白出去旅游。

2001 年，45 岁的我第一次坐飞机——飞往海南的飞机。我以为海南在天涯海角，得飞好几天，馆长告诉我用不了半天就到，我就知道露怯了。在海南的日子里，我以穿一身白衣服加红领带为主，有人说我像洪常青。

在猴岛，给那猴一块钱，猴子就拿着那一块钱去买东西。在三亚，有人追着我卖玳瑁，回来后发现是塑料的。毕竟在海南风光了一回。人们在车里就恨不得载歌载舞。让我作诗，我随口说了两句：窗外是海南，车内是歌坛。

旅游一旦开了头，就会接连不断。

去了七彩云南。我在彩云之南，在那片红土地上，见到了以前很少见到的大象和孔雀。在原始森林里，我拉开了很原始的弓箭。在玉龙雪山下，我见到了那么多没有见过的花。穿着阿朋哥的衣衫，我站在蝴蝶泉边，望着蝴蝶翩翩然然。在大理古城，“五朵金花”把我簇拥在中间。在石林里行走，一行人都想钻过那个不太容易钻过的石头，但谁也没有钻过去，我却从那石头的狭窄空间钻了过去。同行的人说：“高国镜是属猴的吧？你比我们都高，你咋就能钻过去呀？”

我说：“说明我苗条。”

而我在石林下面照了一张相，也不显得苗条。那像是一个顶天立地的男子汉，且是美男子。后来这张照片就放在了我那部长篇神话小说《八百岁少年传奇》的勒口上。

桂林山水甲天下。后来走进广西，才知道广西有多美、多大。从广西出境到了越南，总觉得还是我们的天地。望着满树的木棉花，感觉自己还像一团火。在德天大瀑布照了一张相，依旧穿着红色的西服。后来这张照片跑到了我的散文集《太阳照耀我们》的勒口上。

行走在越南的山水间，也如同走在祖国的山水间。在旅游车上所说的诗，也离不开中越山水相连。给我留下最深记忆的，便是那个大大的地下室，那个透明的水晶棺，那个一袭白衣、白头发、白胡须、红光满面的白胡子老头——胡志明主席。

在越南街头，我买了20多双拖鞋，10多把红木筷子。事后有人说："这红木筷子都是假的，蒙你这个中国来的傻大个哪。黄花梨家具在胡志明的办公室里，能卖给你吗？"

一朵木棉花，被我碰落了。那是因为前面有一位骑白马的女子，在回头看我，我也看了她几眼，才把额头碰到了木棉花的花朵上。

在广西转悠了几天，我只用寥寥数语，写了一组散文诗《漓江桂林咏叹》——

在游览漓江的船上，我领略到了无数游人饱览过的风光。景是人家欣赏过的美景，而这笔下的诗行，却不是人家笔下的诗行。

象鼻山、九马画山、骆驼过江、鱼鹰捕鱼、神笔峰、独秀峰、蝙蝠山、童子拜观音、羊角山、莲花山、二郎峡、五指山、绣山、冠帽山……

好地方，我没有白去。我在漓江的游船上，借十二美景当背景，摄影师全程给我照了12张彩照。120元，买了12个永恒的瞬间。是不是很值得？人过了50岁，应该多留一些"值得"。

在漓江的船上，导游让我们看九马画山。那山崖上果然有9匹马吗？好像谁也难以看见9匹马。可导游说他看见了10匹马。馆长问他："10匹马在哪儿啊，我咋看不见？"

导游说："不识庐山真面目，只缘身在此山中——馆长，你就是一匹马呀。一匹黑马。"

人们便都笑着，却不知道都在笑什么。

我们很快就笑到了威海。威海卖渔具的多。导游就给馆长买了一套鱼竿。在威海看落日的时候，馆长把那鱼竿甩了出去。导游看到那一幕，好像一下子就来了灵感，变成了诗人，就说："馆长，你要把太阳钓上来了。"

威海到烟台，好像也就是一眨眼的工夫。

在刘公岛上，我们遇上了一位算命先生。算命先生似乎从我的脸上看出了什么，他说："你之所以能够混到今天，全仰仗着你的列祖列宗德行好。"他说要带着我，去拜见我的列祖列宗的魂灵。正当他带着我"宣誓"的时候，我的手机响了。但在这个时候，我不能接手机。我还要和列祖列宗倾诉那算命先生"领誓"的"宣言"。

事后我给妻子回电话，她告诉了我一个好消息：她被调到集团工会去了。以后就不用三班倒，不用到制麦车间制麦去了。

这当然是好事。第二天上崂山的时候，同事说我咋飘飘欲仙的呀？又一天去烟台，在八仙过海的地方，有同事还说我带着仙气儿。这就算是人逢喜事精神爽吧。

我说："赶明儿在烟台买套海景房，不当八仙当九仙。"

同事说："喝酒了吧诗人？还当九仙，喝酒的酒吧？"

葫芦岛并不遥远，那次却是第一次登上葫芦岛。在笔架山上，我只用20元钱，便把自己的影子"烙印"在了那个杯子上，将来把这杯子传给我孙子，我孙子就知道我哪年哪月去过葫芦岛了。

当天在葫芦岛那个农家院里吃海鲜、喝啤酒，我就用上了那个杯子。

香港之游

一架银鹰飞越几千里云山雾海，把我们带入美丽的海滨城市——珠海；一艘轮船劈波斩浪，又带我们驶入东方明珠——香港。

步入香港地界，才知香港果真是一个花花世界；踏上那辆旅游大巴车，才知“动感之都”的滋味。导游笑吟吟让我们潇洒走一回，可实际上，我们只能是紧紧张张跑马观花而已。到了香港，才知道生活节奏之快，快得如疯狂过山车那般，晕晕乎乎上去又下来了。行驶在街头，我们无疑是匆匆过客；而车窗外一闪而过的行人，无疑也是匆匆过客了，就连那林立的高楼、五彩的花树、琳琅满目的店铺也如匆匆过客，与我们匆匆相见，又匆匆告别，真正是相见时难别却易了。

到青马大桥，算是给了游客半个小时的游览时间。青马大桥是全球最长的行车及铁路吊桥，宏伟壮观，令人叹为观止。放眼望去，山河无比壮丽；俯览马湾海峡，不禁顿生诗意。然而时间却不允许再看她一眼——至于桥之夜景，也只能用想象弥补了。

金紫荆广场，当然是必去之地。此时，路旁的紫荆花恰似京城年节飞转的风车，在春风里向我们频频微笑着。而那朵国务院赠给香港市民的包金紫荆花，却别具一格、稳如泰山一般向我们张开笑脸。广场内，游人如织，照相机快门响个不停，闪光灯闪个不停——人们都想在金紫荆前留下自己的身影，让瞬间成为永恒。多想再看一眼那朵硕大无比的金花呀，可我们又踏上了下一个旅程。

游香港紧张，但正是这紧张之滋味让人回味无穷。香港山水相依，因而其层次也格外分明。站得高来看得远，得以深切体验。凌霄阁高踞太平山顶，登上眺望台，雄视维多利亚港和市内的摩天高楼，让人心神激荡。湾仔海滨花园，令人流连忘返；浅水湾美丽迷人，高楼与寺庙同辉，令人目不暇接；黄大仙庙里，朝拜者云集，香火鼎盛；大屿山上的天坛大佛，让人领略到了全球最高的户外青铜坐佛的神采。至于那个东南亚规模最大的海洋公园，不但能让人饱览海底世界，还让人尝到一览众山小的乐趣。山与海的结合，高与低的对比，田园与现代的融合。乘缆车悠悠然似乎飞天而去，我们几乎可以浏览香港岛、九龙半岛、新界和260多个离岛组成的景观了。透过海洋摩天塔，更能笑看其风景独好的绝妙之处；乘全球第二长的户外有盖扶梯，更有居高临下之感了。玩一把飞天秋千、摩天巨轮、极速之旅、翻天飞鹰、越矿飞车、滑浪飞船……过于刺激的游戏，似乎有一种让人过把瘾就死的感觉；似乎让人觉得，香港就是这么一个要死要活的极致的地方。

虽然香港面积小，可若想游遍其佳处，却也是万万不能的。夜色降临，我们登上游船或海上画舫，去欣赏火树银花般的香港之夜和渔港风光……

少林寺拾零

杀杀杀

少林寺地界，只见一簇簇红男绿女，正威风凛凛手舞刀枪剑戟在烈日下苦苦操练。笔者走近一个少年，问其家在何处，年龄几许？少年剑眉飞舞，鹰眼乱转。他说他是李自成的老乡，今年13岁半。问他为何不上学而来习武，他则笑而不答，只把红缨大刀片挥来耍去，并连喊声声：“杀！杀！！杀！！！……”

烧香

少林寺内，香火正旺，一位衣冠楚楚的厂长踏进寺门，将三张百元钞票递向一位小和尚，说：“我今天要好好向尊佛磕一磕头，烧一烧香！哎，小和尚，能否开张票？报销。”小和尚欲接钱的手停在半空，然后有几分激动地说：“神灵不可亵渎，请你到别处烧香去吧。”

厂长悻悻而去。

寺内依旧香烟袅袅，木鱼声声。

塔林梦

一位大款在少林寺塔林中与情人游玩。游来游去，大款不禁想入非非。他飘飘然转了几圈，又昏昏然依小蜜睡在塔林中。刚入睡，他便进入梦乡。一位老方丈问他：“你为何来塔林昏睡？”他说：“我不仅活着爱塔林，死后也想来塔林安身。请问，我花多少钱，可以在塔林中买下我的容身之地？”方丈说：“八万如何？你再给我一万元中介费。”大款说：“可以。不过，我还有一个新思路，请问，我花多少钱，可以让我死后的凡胎变成一粒舍利子？”方丈哈哈大笑，说：“在塔林中买一容身之地，是我和你开玩笑；如让凡胎化作舍利子，那可要动真格的。”大款说：“动什么真格的？”方丈厉声喝道：“先把你的心交出来！”

发发发

乘嵩山索道缆车，胡经理悠悠然飘到嵩山之巅。到了峰顶，只听得“砰砰砰”枪声响成一片。胡经理精神大振，甩开大步，循声走去，他在林中发现一小小射击场，眼前不禁一亮，只见那一排钢枪，正对着一面秀气的山坡，发出一串串无情的子弹。枪弹把百草万木打得劈脑开花，把白色山崖打得千疮百孔。

一位枪主冲胡经理说道：“这位大哥，你也打几发，过过瘾哪！”胡经理冷笑着说：“几发？你说得太少了！我要打，就打他个百八十发！知道吧？这年头的人都爱八，就因为八的谐音是发，而这子弹的单位，本身就叫发！一发两发三发，十发百发千发——发发发！先押上它八百元，我要好好地发一发！……”

小伙子还在发愣，胡经理却早已展开了一场激烈的射击。

嵩山在枪声中发出一阵阵呜咽。

听说胡经理那天打了一共388发子弹。他每打出一发子弹，便说一声“发”！有人说他的耳朵震聋了，他的头被震昏了；还有人说，三天之后那个胡经理打猎时，因枪走火，自己把自己打死了……但不知他死前说没说“发发发”……

杜老带我们去密云

人人都有一颗心。自然，他也有一颗心。那时，他的心脏在这个世界上已经跳了 85 个春秋了。如果用一个不恰当的比喻，把金钱比作一面镜子的话，那么，金钱却能充分地反映出一个人的心灵。

杜老的大名叫杜庭瑞。他是原顺义县李各庄乡陀头庙村村民。说来，他的出名与我有关。他当年捐款两万元为村民打井，在八十年代，那可是巨款了。我给他写了一篇文章就叫《八旬老人与两万元捐款》。后来他又设立了奖学金，用于奖励本乡本土的老师。他的义举和壮举，又一次被我写出来，发表在了报纸上。这文章引起了顺义县县委的关注——他为人民做出了贡献，人民没有忘记他。1991 年，他获得了首都精神文明金质奖章。从此，他经常把那枚金光闪闪的奖章挂在胸前，真的是美滋滋的。他还戴着这枚奖章亲自到我家来，他说没有我写他的文章，谁知道有个老杜啊？他为了感谢我，要带我去旅游一次；他还要给我找几个伙伴，便是几位他奖励过的优秀教师。

1991 年 4 月 14 日，杜老亲自带领我们一行，到京郊密云春游。为了这一次春游，83 岁的杜老骑自行车两上密云，与他的朋友取得联系。李各庄离密云 50 多里，一个来回 100 多里地，够老杜一呛。可他说，为了答谢我，也为了给老师们散散心，换换空气，他累点，值得。于是也便有了那次密云之行。杜老带我们去了黑龙潭和白龙潭。

午间，杜老还在密云水库边的饭店，请我们吃了丰盛的鱼宴。要知道，杜老可是个出了名的“吝啬鬼”。别看他捐钱，他的钱可是来之不易。

当年为方便农村建筑队，杜老多年来一直出租脚手架。为此，他几乎日夜奔波，不知付出了多少辛苦！可他只和用户收很少的一点租金。并且，本村有不少用户盖房，他都不收租金。但他毕竟收了一部分钱。这钱用来干什么呢？他没有自己享受。老杜一贯生活清苦，不抽烟不喝酒不吃肉，不乱花一分钱，连鸡蛋也不吃，牛奶也不喝。他请我们吃鱼宴，他可是不吃鱼。那天我们享受着密云水库的鱼宴，他却自己带了半小布袋花生，作为充饥的干粮。当时我望着83岁的杜老，一颗一颗地往嘴里投花生豆，心里有点不好受。我好像看到了杜老的那颗心，那颗红亮而热血沸腾的心。

吃过午饭，杜老又要带着我们去黑龙潭。

黑龙潭风景虽佳，可路程也够险要。但，杜老不怕，非要到黑龙潭看看。虽说最终杜老没有到达，可他却意味深长地说："咋说我也老了，你们还年轻，应该往高处走。回去写写诗文，写好了，我给你们发奖金。"

杜老的身影映在碧潭里。

杜老的红心也映在碧潭里。

密云水库风景秀丽，一轮红红的夕阳在水里闪闪发光。归途中，人们望着那红红的夕阳，不禁感叹：杜老也像这美丽的夕阳，虽已进入暮年，却依旧散发着灿烂的余热！

不，杜老不是夕阳，他不会落下去，他的红心分明像山水一般永恒！

杜老那天带着我们逛密云，他的黑大褂上佩戴着那枚首都精神文明金质奖章，奖章金光闪闪，多像他老人家那颗闪闪发光的心哪！他用他的一颗比金子珍贵一万倍的丹心，发挥着一个老农民的余热。

揣着太阳登长城

如果把走人生之路和文学之路看成登长城的话，一个人并非登上长城，就真成了好汉，就离太阳很近了；在我们驻足的片刻，切不可忘记回眸脚下的路，仰视头顶的蓝天红日。

说来，我断断续续写散文的生涯，还有这本散文集的诞生，也像登山，一路走来，不是没有难处，但无限的风光也就在这登山的过程中。

那天算得上一个不太寒冷的冬天，但有雾，还有一些零星的小雪，是大雪节气之前那种不太傲慢的雪花。就是在那么一个天气里，单位组织活动，去怀柔登慕田峪长城。我忽然想到了第一次登慕田峪长城的情景。那还是30多年前，我参加了《北京日报（郊区版）》组织的一个青年联谊会。会后，我们一起去爬慕田峪长城。没费什么劲，我的大脚就丈量完了千级台阶，落到长城上去了。那天，望着烽火台，我就有点抚今追昔的感觉，就感叹秦始皇修了半天长城，却没来过慕田峪，我却到此一游了。不过，到了长城之上，也没觉得自己真是什么好汉。望着长城上空的一只鹰，知道了人与鸟的距离，是不近的；俯瞰长城下的崇山峻岭，也知道自己是渺小的。长城的顶峰其实很快就到了，我离文学的长城却还很遥远，只要身子不倒下，继续跋涉就是了。文学的长城就在前面。

那天又去登长城了。此时上山的脚步，倒也还算稳健，但与当年相比，就不得不承认两眼的昏花、双脚的沉重蹒跚了。回想那时我们唱着“再过20年，我们来相会……”，想象着20年后我可能真成了个有影响的作家哪！可一晃都过去快30年了，还能有什么作为和收获哪？数着通往长城上的台阶，思绪就有点像那橡树上的叶子，虽未落下，却也有着明显的失落感了。驻足仰望，躲在长城上云层里的太阳，时隐时现地露出白里透红的脸来。按时间说，那绝对是八九点钟的太阳，但我绝对不是八九点钟太阳一般的青年了。望着长城上并不多的稀稀拉拉的中外游人，有一些也许与旁人雷同的感悟：人，说他伟大如山也行，但人真的没山那么大，尤其是没山那样的寿命，山往那里一坐，也许就是上万年、上亿年岿然不动，而人却像是山上的蚂蚁，不过是这个世界上的匆匆过客。由此想到，我写散文，就源于此。写散文的时候，是想到了想念中的人，思念中的景；看散文的人，却也会联想到写散文的人，还有自已经历过的情、景和人。散文终究是一种情愫一种情结一种情谊一种情感……为情而写散文，因情而写散文，也便有了散文。即便是《古文观止》，也逃不出一个情字。不是回望故乡，想起那些事那些人那些景；不是爱在平原，热爱那些事那些人那些景……也就不可能写这些散文了。散文是我几十年来人生的记录、感情的载体。看长城上的每一块城砖，都显得那么厚重，像一摞摞码放在天地之间的书、永恒的书。而我这本散文集，也能和永恒连在一起吗？也许不过是几朵飘来荡去的过眼烟云。

长城上的太阳钻出了云层，金光闪闪的。感谢天上的大太阳，照耀我这本散文集问世。爬山的时候，总想着山巅的情景；到了长城之上，也许有更多的憧憬。憧憬着和实现着的梦想，其实都应该化作散文，像云彩，像溪流，在长城内外飘荡、流淌。

这前言的落款，盼望朝阳关照，不须夕阳盖章；明天还有一轮旭日，挂在长城头上。坚信只要我们的头能够抬起来，东方的日头就会升起来；只要我们的心头装着太阳，黎明就会属于我们。

（此文为散文集《太阳照耀我们》自序节选）

登长白山

难忘2003年那个夏秋交替的日子，我们一行20余人，乘车驶入长白山脉，奔向长白山天池。

长白山是中国十大名山之一。长白天池更是令人神往的一处神秘景观。很久以前，一阵惊天动地的火山爆发造就了那一湾天池。而今我们就要与那天池相逢了，但我们又怕无幸和天池相逢。导游小姐说，那天池是“寻常看不见，偶尔露峥嵘”的。她时常躲在云中雾中雨中，无情地让来看望她的人失望和扫兴。有人戏称长白山为常白来。但愿我们会好运，不会白来长白山。

长白山果然是太长了。我们在她的腹地上行驶着，前往她无限风光的顶峰。车窗外那挺拔的长白松，似乎都像好客的迎客松，举手把我们欢迎；那稀有的美人松，更是让我们动心动情；那亭亭玉立的桦树，恰似白衣少女，却睁着黑灿灿的眼睛，仿佛在窥视着我们；而我们也多情地望着一个个白桦姑娘，真有点“相看两不厌”的感觉。长白山之所以叫长白山，或许与她怀揣着满山白桦有关吧？而那天池哪，一定是给那千千万万白桦姑娘预备的一块巨大的镜子，供其梳妆的吧。

车上，我感叹那长白山的年轻貌美，不禁即兴说出一首诗来，以抒发此时之心情。却不料，长白山说翻脸就翻了脸。刚刚还是响晴的天，待我们一下车，山雨就“噼里啪啦”扑面而来。

于是，人们纷纷包围了那些卖雨衣的人；然而，当那红红黄黄的雨衣披挂到游客身上的时候，雨却又停了。卖雨衣的人乐了。游人们也乐了。

换上越野倒站车，我们真有一种“跃上葱茏四百旋”“翻动扶摇羊角”的感觉。我们终于落脚在长白山上，真正体会到“一览众山小”“高处不胜寒”的意境了。天空依旧阴晴多变，风驱赶着云雾来回变幻。天池呢，天池就在山的那边，云的那边。我们还须再爬一段陡坡，才能与天池相见。而给我们观天池的时间才半个小时。于是，我们就你追我赶，纷纷奔向山巅。在我们那个团里，我第一个登上了天池的顶峰！

当我爬上白云峰巅的刹那，却不知天池在何处。当我顿感茫然和怅然的瞬间，一股风忽然掀去了蒙在天池上的云雾，蓦然间，那天池就像揭去红盖头和婚纱的新娘，陡然间展现在我的眼前。啊，这就是中国最深的高山湖和最大的火山口湖——长白山天池吗？鸟瞰那一湾湖水，我的心“咚咚”跳着，却又觉眼花缭乱。此刻，湖光山影，遥相辉映，我不知看水景，还是看山景。听说，16 座奇峰峻岭怀抱着碧水一泓。我去寻找那 16 座山峰，却见大多数山峰躲在云雾之中。也正是这云雾的缭绕，才更让这天池美妙无穷。那山峰组成了一个巨大的奇异酒杯，杯中盛满了可望而不可及的青梅酒，那“酒”怎不让我陶醉啊！不，这天池水不只像高山上的美酒——那她像什么哪？疑是蓝天落深山吗？可此刻的天池灰蒙蒙的，谈不上湛蓝；“高峡出平湖”吗？又觉得这湖水悬于山中，深不可测，并非平静；明镜镶嵌山间吗？世上哪有如此大的明镜，她的水面近 10 平方公里，能照见多少人的面影啊！当我极目远眺，企图在天池中寻找到怪兽的时候，却又呜地刮来一层云雾，把天池罩住了。

那短短的几十分钟，天池总是时隐时现，躲躲藏藏，云山雾罩，变化多端。我们都感叹这湖水的神秘了——如此高的山上（海拔 2749 米），有一潭如此深的水（最深处 373 米），没有怪兽才怪哪！但我不会相信，那怪兽就像山顶上那个丑八怪的雕塑——那怪兽或许比仙女还美妙哪！那美不胜收的天池，应该有世上最美的动物或是怪物。

我们纷纷拿着照相机，把镜头对准了天池。然而，谁能照出天池的真面目和她的内在底蕴哪！一股风一阵雾，天池又不见了踪影。望茫茫雾海，我们多想再看一眼天池的水呀，可天池的水许久也不出来。李白说“黄河之水天上来”，那天池之水兴许会在天地之间来去吧，若不，怎么叫她天池哪！

美哉壮哉，天池；鬼斧神工，天池！

参观革命圣地西柏坡有感

2006年五月端午，恰好是我50周岁的生日。这个生日有点意义。鄙人的一篇散文《人去情还在》有幸获得了中国西柏坡散文节二等奖——我随着中国散文学会的一辆面包车，第一站前往河北正定领奖。期间，有幸参观了革命圣地西柏坡，同时也有幸结识了不少有名的散文作家。那天我们从历史文化名城正定出发，只用了一个半小时就到达了目的地，而回来却遇到了一些神秘的麻烦，留着文后再说吧。

身为男子汉，有泪不轻弹。可那天在西柏坡，在毛泽东主席的一件件遗物面前，我却一次次想哭，想落泪。

望着毛主席的旧居，我骤然间有点泪眼朦胧。那泥墙泥屋，那柴门柴灶，似乎比所谓寒门还寒酸呢。而正是在这间陋室里，毛主席发出了解放全中国的吼声。院中那一盘石磨，记录着蹉跎岁月和时代沧桑，也折射着伟人推动历史车轮的巨手和步伐。在这个故居前，我比在北京的故宫前更多了几分感慨和敬仰之情。

望着毛主席用过的铅笔和油灯，我的眼眶不禁一热，心头自然升起景仰之情。毛主席用这支铅笔，在这盏油灯的照耀下，指点江山，激扬文字，彻夜不寐，指挥着震惊中国的三大战役，那油灯冒出的烟把毛主席的鼻孔熏黑了，可毛主席却用这盏油灯照亮了中国的航程，迎来了中华民族真正的黎明。

望着毛主席用过的火盆，我顿然一阵难过。毛主席就是靠这样一个简陋的火盆取暖，而在那漫漫长夜里，他却装着天下人的温暖，驱赶着旧社会的三九严寒，他以梅花欢喜漫天雪的人格，把自己化作了一轮太阳，照亮了黑暗的中国。

望着毛主席坐过的那把藤椅，那藤椅都被毛主席坐破了，大窟窿套小窟窿，陈旧得有点寒酸，可他老人家正是坐着这样的椅子，“冷眼向洋看世界”，带领中国人民推翻了三座大山。在这张藤椅面前，什么金銮殿、龙椅宝座，都显得渺小而逊色了。

望着毛主席穿过的布鞋和用过的马鞍，我想哭。毛主席穿着这样的布鞋，走遍千山万水，毛主席在马背上吟出了最壮丽的诗篇“红军不怕远征难”，伟人的足迹过后，踏踏的马蹄过处，从“日出江花红胜火”到陕北的“山丹丹花开红艳艳”，一个农民的儿子，成了万众传颂的大救星。那艰苦的路程，容易读懂，也不太容易读懂。

望着毛主席坐过的那辆吉普车，我还是想哭。照毛主席说，他是坐着这辆车，去北京赶考的。毛主席的“考试成绩”得到了人民的赞扬、历史的检验。即使再过百年，他老人家那两个“务必”的论断，也是不会过时的吧？那领袖的风采，那革命的精神，从西柏坡走向了北京，也走向了全中国，甚至走向了世界。作为一国领袖，能在不少世界人民心中扎根，是不多见的。这不仅仅是人格的魅力，还有其思想所焕发出的无穷光芒的作用吧。

毛主席留下的每一件遗物感动着我，也感动着前来的每一位作家，我们在毛主席的遗物前流连忘返；毛主席的遗物让多少人的眸子泪光闪闪。离开西柏坡前，我们望着那山那水，望着那一片圣地，心里都装着对领袖的一片深情。然而在归来的途中，却出现了开头所提到的那个带点神秘色彩的小插曲。那天我们乘着两辆车回石家庄，一路上作家们在谈论如何写作，而正在这时候，司机不知道为什么，一阵迷瞪，就把车开到田间路和村路上去了，而且再也找不着大道了，走不出麦田和阡陌了，又七拐八绕钻到农村的小胡同去了。恰在此时，黄风骤起，沙尘弥漫，车外的大树左摇右晃，能见度已经不到几十米远了，车里灌进了一股股浓烈的泥土气息。人们都感叹来沙尘暴了，都很着急，司机和我们都迷路了，不知道车往哪里开，人往哪里走了。著名作家石英说，问路啊，下车去问路啊。于是我们就不断有人下车去问路。此时正是人们做晚饭的时候，我们打听了许多抱柴做饭的妇女，她们都耐心给我们指了路。有妇女问我们是什么人哪，有人回答说我们是作家呀。那妇女就惊讶地说，她们村可没来过作家呀，谁让这些作家到她们村来的呀？当时我望着领带夹子上的毛主席像，眼前“唰”的一亮，不禁风趣地脱口说道：“毛主席让我们来的呀。”车上的人对这话产生了共鸣，直鼓掌，说是毛主席指引我们的车开到农田、农村里来的。当时听了这话，我的心咯噔一下，真有点恍然大悟的感觉，也许真是毛主席指引我们去农村的吧。其实，毛主席早在延安时，就教给我们怎么写作了，我们还不明白吗？抚摩着毛主席的像章，我的眼睛又湿润了。回程的路上，我用顺口溜说了自己的感想，感谢西柏坡，领袖的明灯照亮了我们的心窝；感谢燕赵大地，给我们带来了灵气；感谢天下第一庄，扎根泥土的花才香；感谢太行山上花正红，正定历史文化名城唤起了我们对领袖的爱、对人民的情。

跟着槐树去远方

“要问老家在何处，山西洪洞大槐树。”从山西到京西，先辈走过了几百年的历史。据说，自明朝迁徙后，高家老祖宗落户到河北省矾山一带（矾山又称黄帝城）。往上数九辈是高祖高友银，八辈则是高登官。高登官六岁时随姑母来到太行山余脉的红金坨脚下，一个叫木字港的小村落户。小村有一棵古槐，传说是高登官所植。六岁小儿，长大成人，娶妻生八子。高家香火旺，十里八村多有高家人，东西南北还有高家人。

但，高家人无论走到哪里，每年清明节，都要回到故乡寻根——那根的具体所在，就是小村村头的那棵大槐树，上面挂着古树的牌子。高家祖坟的坟头上，还有一棵枝繁叶茂的大槐树，也是一棵近两百年的古树。

小山村的人，出门见山，出门见树；那最古老的树，还是那大槐树。山民们住在农家屋里，推窗可见槐树的绿荫和雾凇，感觉其乐融融。每当槐花如雪花摇曳在枝杈间，青黄不接的日子似乎就过去了。住下的坡不嫌陡。父母在此地开垦梯田，植树放牧。父母还当了数十年村干部。小米饭、山药蛋，养育着一代代山民，也养育了我们。我们哥四个，都是在距离那棵古老的大槐树不远处的小学校里，读的小学。后来又在沿河城那棵古老的大槐树一侧，都读了高中。这在旧社会是不可能的。当年，十几岁的我，便揣上了作家梦——自古，我们高家尚无著书立说之人。但，在不远处沿河城的大槐树下，人们却为我的诗文发表和获奖而奔走相告。我也因报刊“搭鹊桥”，结识了一位家住顺义、和我在同一期报纸出名的文学青年胡德艳。新婚之日，那大槐树恰好覆盖了一层树挂，玲珑剔透，冰清玉洁。那一景是另一种红火的凸显。此时节，大槐树尚未返青，但我坚信，大槐树下的故人，当会荫及子孙。

平原姑娘和山区小伙结合的消息，居然登上了《北京日报》。题目虽然为《不嫌山区艰苦，只求志同道合》，但我成家立业后，却离开了故乡那古槐、古井、古道，而落户到京郊顺义。虽然一时间无立足之地，却好像有了用武之地。

人挪活。我好像“挪”到哪里，哪里都有槐树。在李各庄乡文化站当站长的时候，院里院外都有槐树的影子和绿荫。后来被借调到县委史志办，不远处又有一棵古老的大槐树。骑车上下班，总要从那槐树下经过。

在那之后不久，我便走进了顺义区文化馆。文化馆的大院里，有我不一定数得过来的一棵棵龙爪槐。天天看着那龙爪槐，自由自在地写诗作文，也是一份不错的美差了。可在那龙爪槐的周围买个两居室，又成了差钱的人。好在此间又到顺义京密路边的白各庄村盖了一个农家院，取名高芳园。高芳园的亮点和中心位置是二门楼。两个门腿子上镶嵌着一副楹联，那金色铜板上的十二个黑色大字是：胸怀浩然正气，笔抒苍生真情。这可是著名作家浩然笔走龙蛇的墨迹。这也是我的座右铭。院子落成后的一个春日，我在院墙外的胡同西侧，亲手栽了两棵槐树。在此植树，寓意心存。门前两棵槐，又招宝又招财。次之，别有用意：爷爷小名二槐。可见愚孙对爷爷的深情，比那槐树根扎得还深。如今这一对槐树枝繁叶茂，近一搂粗。当年老父亲作为中华人民共和国成立前的老党员，曾经戴着金光闪闪的勋章，坐在这槐树下乘凉、吸烟。而今老父亲远远地和母亲躺在了高家祖坟的大槐树下，荫及子孙。

去年金秋，我又对自家农家院进行了装修，并装饰了彩画。特意让画家在大门楼上画了一幅山水画，注明高芳园。门前的槐树郁郁葱葱，而我却已经白发苍苍。凝望那大槐树，我仿佛看到了前辈的身影；待我成了古人，后辈会在槐树的阴凉下，想象和思念着我和妻的身影吗？想到这里，难免有些伤感。

槐树，说普通也不太普通的槐树，总是跟随着我，和我不离不弃的。好像我走到哪里，哪里就有槐树先去那里报到了。我在烟台龙口购置了一套海景房。看房的时候、入住的时候，都没有发现楼下有槐树，也不敢有此奢望。可那天到楼下的花园里遛弯儿，居然发现在我的楼下、紧对着楼上的北窗和西窗，傲然屹立着一棵“运交华盖”般的大槐树。那树枝叶葳蕤，绿茵铺地。我伸开双臂，搂了一下树干，那树干足有一搂粗，且树下彩蝶飞舞，鲜花烂漫。好一棵大槐树。好一个去处。我的影子和槐树的影子叠加在一起了。我和槐树居然有着这么深的缘分。山西老家那棵大槐树，是我们的根；京西那棵大槐树，还是我们的根；山东这棵大槐树，也连着高家的根。

山不转水转。树不走人走。老家果然是山西洪洞大槐树下，那里就是根了；不知道砜山那边的村头可有大槐树，但木字港那棵大槐树，是实实在在屹立在蓝天碧野间。那里说遥远也不遥远。不遥远的是我家的朱门前便有两棵不小的槐树。这两棵槐树连着山西洪洞县的大槐树，也连着京西的大槐树。这就是根脉。这根脉是会随着岁月延伸的。后辈当不会忘记这荫及高家子孙的一棵又一棵大槐树。根脉也是文脉吗？我和妻在所到之处的大槐树下，“种”出了不少的诗文。因我身高一米八五，著作等身很难，但毕竟出版了20余本书。这高芳园可谓书香之家。我家曾被评为北京市藏书状元户。我也希望后代会在文学园地里有所耕耘与收获。小儿子当了两年空军地勤兵，在部队当文书；前几日，他的文字和照片也登上了一家报纸的报心。大门楼上那一块铜牌，写着光荣之家，也是小儿子参军保国的奖赏。

去年国庆节，大孙穿着红上衣，在树下跑来跑去。在爷爷的眼里，孙子像一面飘扬的旗帜。一家人可谓其乐融融。

秋风吹来，槐树上的叶子沙啦啦地响着，像是前辈在与后辈说话。

孙子和我说：“爷爷，这两棵槐树，这么高大。”

我说：“在烟台龙口咱们的海景房下，也有一棵大槐树，有机会让你爸开着车，咱们去远方看大槐树。”

第四辑
金秋之旅

秋天是收获的季节，也是最美的季节。人生的秋天和大自然的秋天不同，应该没有严格意义上的界限。秋天，万山红遍，层林尽染，秋天是万物竞自由的秋天，秋天也是沉甸甸金灿灿的秋天。走向人生的秋天，还是固执地追求着、耕耘着、播种着、收获着，不管有没有失落，有没有遗憾。步子，终归是要向前再向前。

逗号与巴金的手

早就接到中国现代文学馆的征集函，让我将个人的文学档案资料捐献给他们，以作为作家文库之藏品，永久保存。但我总觉得自己不够资格，因而迟迟没好意思把那些拙著拿出手。至于乱哄哄的手稿，就更羞于出手，因为没什么价值。那日正好借参观文学馆建馆二十周年珍品展之际，我与妻一起叩开了中国现代文学馆的大门，并将一大摞所谓著作捐赠给了该馆。可我当时的心情一点也谈不上骄傲，反而觉得自己是那么渺小。面对宏伟的文学殿堂，面对一位位文学大师的塑像，抚摸着巴金的手模门拉手，我也只能是感到自己渺小才对。也正是在那一刻，我的眼前一亮，那个逗号巨石出现在了我眼前……那逗号是文学馆的标志啊。望着逗号的刹那，我的心头闪过一簇巨大的火花。是啊，再渺小还能渺小过一个逗号吗——亚洲最大的文学馆的标志就是个逗号啊。如果自己也可算一个逗号，小也有小的意义了。

说逗号像一个个蝌蚪，能摇来文学的春天，不错吧？说逗号像一个个蓓蕾，能使文学的花园盛开，可以吧？说逗号像眼睛，它是可以发现美和丑、是可以当生活的镜子的，也行吧？说逗号是一个精子，肯定不雅，但若说逗号是孕育文学之树的萌芽，还算贴切吧？说逗号是一滴水能折射太阳的光芒，没错；说逗号是一粒火种能点燃人们的心灵，也不为过吧？即使逗号是一颗流星，也会在天地间耀眼地一闪哪！

如此说来，小也并不可怕了。假如说中国几千个作家就是几千个逗号，我也是其中之一，也该引以为豪啊。

逗号是小点，可它是开始是开头是开端哪，是文章的起笔，也是句子的尾巴和延长线，尾巴后边还有话……想想，谁不是从逗号开始人生生涯、文学生涯的呀！鲁迅、巴金是伟大，可他们的草稿上不也照样点满了一个个逗号吗！

逗号把那么多文学大师带入文学圣殿，愿逗号把我也引进文学的殿堂。那逗

号给了我希望。那带有巴金手模的铜把手也给了我希望。那一天我把文学看得比以往都神圣。我与妻在几个展厅的留言簿上信笔写下如下的话：巴金的手常在，作家的书永存；文学与日月同辉，作家与山河同在；世界不朽，文学不朽。

我把文学看得太高了吗？但我一低头，又看到了那个巨石逗号。那石头是巨大的，但其中的逗号是渺小的。那穿透巨石的逗号像前辈作家深邃的眼睛，在盯着我；透过那瞳孔和逗号，前辈与吾辈都看到文学的星空和花园了吧？

巴金的手碰了我一下。巴老似乎对我说：先写好一个逗号吧，后面自有文学的春秋。

我和妻子从中国现代文学馆回来不久，便收到了一张由时任中国现代文学馆馆长陈建功签名的收藏证书，该馆收藏了我的《金丝猴奇遇孙大圣》等图书。落款是 2007 年 5 月 23 日。

金猴荡舟金海湖

对于我，北京平谷金海湖不是一个遥远的地方，也不是一个陌生的地方。1992 年夏天，我在金海湖畔那个宾馆里，一气住了半个月，那是参加一个北京市关于党史的培训班。当时我是顺义县史志办的借调人员。日夜与金海湖相伴，那青山、那碧水，充满了诗意，让人感觉像是沉浸在山水画中。闲暇时在湖水里荡舟，险些出了意外。那小船在湖中心剧烈地颠簸，人们惊叫着，感觉有翻船的危险。但，化险为夷。中午我们又吃到了金海湖里的鲤鱼。怎一个鲜字了得？但我们那一桌人，还是为刚才发生的险些“翻船事件”而心有余悸。我们此刻这些吃鱼的人，刚才差点喂了鱼呀。是谁保佑了我们？

待要离开金海湖的时候，大家有点流连忘返、恋恋不舍。那天我默默地把影子投放在金海湖里，还是感到万幸：我这个才 30 多岁的人，幸亏没溺水而……

但回头看，后来让我恋恋不舍的，不是金海湖的青山绿水，居然是那里出产的一种石头——金海石。

金海石是北京地区三大观赏石之一，因最早发现于金海湖而得名。金海石被誉为“画在石上的中国画”，因而被争相收藏。金海石被发现、被观赏、被把玩、被收藏，也有不少年头了。金海石的寿命是可以用十几亿岁计算的，且还会无限地“活下去”。金海石经过漫长的风化而碎落江河，又经过水冲磨砺，而今水落石出、华丽转身，从而变成了“宝石”。

说来是天大的巧合，那年我和妻子在平谷奇石城里发现了一块让我眼前一亮的金海石——我没有犹豫，也没与人划价，就把这块石头买下了。这是因为那石上的画面，实在像当初我们在金海湖里荡舟的情景。

美猴王也许知道，“皇帝轮流做，明年到我家”这句话，本身就是一句空话，所以他才要干点他能干的“重修花果山，复整水帘洞”的实事。这实事化成了实景，落在了一块金海石上。看，这金猴多么潇洒自如，惬意专注，划着一叶小舟，悠悠然荡舟碧水之间。别说猴子陶醉，人都陶醉了；且猴子的后边还有一位“蓑笠翁”，望着寒江雪化作的雨帘，想与孙猴子套近乎吗？这情、这景哪里找？谁都向往世外桃源，可世外桃源在哪里呀？

回望这石头上的水帘洞，还有纵横交错的树干、摇曳着阴凉的树荫，是不是很令人向往？好一个金猴荡舟水帘洞。

我生肖属猴，自然爱上了这块金猴荡舟的金海石。这猴子显得多么有灵气、猴气、神气。金海石的天然水波纹，让这“猴子”置身其中，那就是“如鱼得水”了。我曾经在金海湖里荡舟，也曾经在烟台的八仙过海处“逍遥游”，而今能拥有这么一块金海石，望着它，是一种多么大的享受。每一个拂晓，每一个黎明，我都能看到金猴荡舟水帘洞。这样的画面，不断地激活着我的生命之舟，与时代风雨同舟。

这块被我称为金猴荡舟水帘洞的奇石，上过报纸，也进过书籍。这石头就摆在我卧室床头的一侧，还是我手机微信头像的主画面。我之所以爱它，与那次在金海湖“历险记”有关。那次我们在水中脱险了。而后来我得到了一块金猴荡舟金海湖的奇石，这奇石是有灵气的吧？难道这金海湖畔的奇石上的灵猴保佑了当初的我们，而化作了这猴子荡舟的奇石吗？

杭州那边有个家

2008 年 5 月 17 日，我前往中国作家协会杭州创作之家度创作假。这也是我有生以来第一次享受国家级的创作假。本来是可以携带家属的，但妻子请不下假来，也就不可能陪我去度假。这自然有些遗憾。多年来，她帮助我抄了、打了那么多稿子，借这个机会，也算是对她的一种奖励和补偿，可她却不能去。而她又没有去过苏杭那样的好地方。我说："看来，这个光你是借不上了。我只能'独往独来'了。"

赶巧了，那天她休假，大儿子高天鹤也回家来休息，小儿子高天然也在。于是大儿子便开着红色轿车，要把我送到首都国际机场去；妻子和小儿子也跟着，我也便觉得，有一种幸福感和自豪感了。

我穿着高天鹤给新买的红西服、白衬衫，顶着一头看似浓密黝黑的"秀发"，旅行包里装着我和胡德艳刚刚出版的散发着墨香的诗集《蓝色的梦》，登上了那架银鹰，飞上了湛蓝的天空。我很快将会落脚在杭州的怀抱之中。

一亩一分一厘地，的确算不得一块大的面积。但这却是一块宝地，这宝地就在闻名中外的西湖风景区核心地段灵隐地区，坐落在千年古刹灵隐寺东侧，杭州第一高峰北高峰的百亩茶园内——一座黛瓦白墙的园林式建筑。在似乎并不高大的古色古香的门楼下，翠竹和红枫之间的一块卧牛状的石头上，刻着两行金光闪闪的大字：中国作家协会杭州创作之家。

我这个二把刀作家，那天叩开了这杭州创作之家。这家不大，但推门而入，却是充满了书香气书卷气书生气的呀——分明是没有到过这样的所在，但却又像是早就来过这里，因为这里分明就是我梦乡里的作家之家呀。哪怕是一草一木，一鸟一鱼，都透着灵气和灵感。凝望着对面墙上巴金的照片，才知道巴老八十高龄后，曾四次来此小住，而今巴老已去，但那山石上的题词还闪烁着巴老未干的墨迹："这真是我的家。"是啊，这不仅仅是巴老的家，也是全中国作家的家。

莫看这家只占了一亩一分一厘地，却凝聚着多少作家的灵魂和向往啊。

一进门，这个家也就成了我的家。

作家的笔是离不开风景的。而作家的家，若无风景点缀，那也是会逊色的吧。恰恰，这个家是真正的风景这边独好的。漫步于曲径通幽的走廊和小院内，我总觉得这每一处佳景都是针对每一个作家的心思设计的。一砖一瓦一个雕刻，都透着古典文学的味道。白色的院墙，却不是封闭的，错落有致地安装着一扇雕花窗棂，里外都透着绿，绿的是竹叶，而那竹竿却是紫的，那叫紫竹。院墙根下插满了竹子，那白墙不像稿纸吗，那竹节不像一杆杆竹笔吗？而那古老的一对连理的香樟树和一对也是连理的三角枫，倒不像什么依偎缠绵在一起的情人，而也似冲天的巨笔了，那三角枫的枫叶显得蓬勃而热情，似乎要展开翅膀，去充当千万本书的书签了。还有那桂花树，当然此时没有开花；还有蜡梅，此时节自然也没吐艳。但那桂花之香气，梅花之风骨，不也是作家所不可或缺的吗？这花草树木，同样是具备作家的灵性的呀。

自然，这院中最多的还是竹子，或者说，这竹子是无处不在的。在那竹林的一侧，矗立着一块巨大的石头，那形状似元宝又似乎像一方砚台的石头的正面，镌刻着近200位来过此处的作家的签名。我一次次凑到那石头前，入神地看那千姿百态的笔迹，每一次都顿生景仰之情，大有高山仰止之感。

杭州创作之家的柯朗曦主任和叶家裕先生几次对我说，让我临走前也要把大名留下，他们也要把我的名字刻到那石头上去，还说那是千古不朽的好事啊。我却难为情地直推辞，说我只会蜘蛛爬字，我这个无名之辈，哪敢与那名家为伍啊。而柯主任却说，这作家的星群里，是有你一个位置的。于是我的脸似乎就比那相望不远的石榴花还红了。

说到石榴，我小住的窗外恰好有两株石榴树，又恰好正在开花。凭窗望去，那茂密而葱茏的南国之树，开着红艳艳的、嫣然羞答答“南国美女”的石榴花，也可谓万绿丛中一点红了。几只花翅膀鸟或几只花蝴蝶，在那树上打几个秋千，或是栖息片刻，唱几句动听的歌，碰落几片花瓣，又悠然地飞走了，恐怕打扰了我写作似的。当然，有时那鸟儿也会扑棱棱在窗玻璃上逗留许久，也许是想进屋来与我对几句诗吧。而在那一刻，我是什么也写不下去了，只站在窗前，望着斜对面那块屹立在竹林旁的、刻着作家名字的巨石，陷入了沉思之中。是啊，那么一群如星光闪耀的名字能落到那块石头上，能聚集到这一亩一分一厘地的创作之家里来，不是轻而易举能实现的。我若想步入那行列之中，须从今天这榴花似火的初夏开始，苦苦地耕耘和浇灌文学的花朵，唯有如此，才有可能于金秋季节收获几个沉甸甸的石榴。

倘若在十年八年之后，这杭州创作之家的书房里，能收藏我的几本还值得收藏的小书；那块巨大的石头上能刻上我歪歪斜斜的名字，我也就没白来这创作之家一回。

作家能有个家真好。作家能在杭州有个创作之家更好。这个家珍藏在我的心里了。无论我走到天涯海角，这里都有我的一个家。感谢为我们创造这个家的人。

这个创作假是在四川汶川大地震发生几天以后，所以那几天取消了娱乐活动，包括游览。这样一来，我就有了更多的时间单独活动。我一次又一次地，有时候一天三次登上北高峰。北高峰下的茶园，北高峰那边的飞来峰，还有北高峰下的灵隐寺，都是好去处。可我却独独爱上北高峰。

登上北高峰

在中国作家协会杭州创作之家度假期间，我结识了我的同龄人——作家出版社杨德华老师。创作之家的第一次见面会，是德华兄发起组织的。在那样一个优美的小院里，黛瓦白墙，翠竹丹枫，草绿榴红，石桌石凳，大树小径，蝴蝶飞舞，众鸟啼鸣……可在诗意的美景中，我们却座谈着一个太沉重的话题——四川汶川大地震刚刚发生过，国人的心都在牵挂着灾区，我们作家的心更比山石沉重；而在谈及地球的某个部位受到创伤的时候，德华兄联想到自己身上发生的一场大病——然而，他讲述着自己的病情，却像在笑谈着一桩小事。

那天，我禁不住和他指着北高峰，说："这山不高，一会儿就爬上去了；这山也不远，就在咱们眼前。不上北高峰，肯定是个遗憾。"

他笑了笑说："国镜兄，那咱俩就一块爬山去吧。"

于是我们就走出创作之家的小院，走过一片西湖龙井的茶林，登上了上山的小路。是的，那边有缆车，悠悠然可以轻易地凌空而去；然而，那样一来，还叫登山吗？不，我们就是想体验一下用脚印丈量北高峰，让北高峰渐渐地落在我们脚下的滋味。

北高峰虽然并不高，也算不得天下名山，但因其特殊的地理位置，因为一位伟人曾三上北高峰，并写下了一首名诗，所以北高峰也就成了不同凡响的名山了。山不在高，有仙则名。我坚信，那山是弥漫着一缕缕仙气的。在那似乎充满仙气的绿林深处，有我和德华兄的脚印踏了进去，从山底向山上延宕攀爬着，那在此山中的感觉，或许是可遇而不可求的，而我们的身影就晃荡在北高峰的林荫道上。我们借了一股仙气吗？我总觉得我们在登山途中有点飘飘欲仙的感觉。

北高峰，那是毛主席三登其顶峰的山峰。这山上的每一片叶子，每一块石头，都透着神圣。也许我们的脚印，就踩在了当年毛主席留下的脚印上？也许我们擦肩而过的某个树干，就曾经留下过领袖的指纹？也许……

我们置身在浓绿的植被之中，一步步行走在比西子还清秀、比碧玉还晶莹的北高峰的怀抱里；扑面而来的夏日的风，让我们有几分陶醉。林子越来越深，山越登越高，但离山巅却愈来愈近。树叶像画的一样，又没有任何一个画家可以画出这么美妙的树叶；树叶绿得像染过、洗过，像江南美女精心地裁过、绣过。叶子是绿莹莹的，却也偶然间夹杂了一些红叶，于是这“万绿丛中一点红”便沐浴着金灿灿的阳光，陪伴着绿叶；有的红叶则随风徐徐地飘落，恋恋不舍地告别了枝头，或是已经掉落在林间道上。青石阶上撒了几片殷红的树叶，这鲜艳的感觉却又让人顿生时光无情的惆怅之感。这提前降落的红叶虽不代表一叶知秋，但德华兄和我却无疑都到了人生的秋天。最起码，青春是决不会再来了。夏天里的秋色，让我们对生命有了更多一层的感悟。随即捡起一片红叶，久久端详，但愿我们的生命都不是提前降落的红叶。融入绿意盎然的森林之中，生机应该永远属于我们。

北高峰以她青春的热情，接待着两位生肖属猴的攀登者。几片红叶，不会给我们打上悲观的色彩，不，那天我们都乐观得可以，甚至忘乎所以。平日里人前不唱歌的我，面对那些挺拔葱郁的南方的茂林佳木，却不由得放开大嗓门，唱起红色歌曲来——“红军不怕远征难，万水千山只等闲”“革命理想高于天”……而在我的激情感召下，德华兄也带着如山泉喷发一般的激情，随着唱了起来，唱得很卖力气很投入，那才叫引吭高歌吧。人生中，我是第一次体验到那么纯粹的“一唱一和”的感觉。

我们尽情地唱着红歌，让叶子更绿了。同山而行的姑娘小伙子们却瞪大了眼睛，或许以为我们是重返长征路的红军，或许认为我们有点“半疯”。

北高峰不缺绿色。

我们这些半百之人不缺精神。

我们的脚印向山上逐渐延伸。

深一脚浅一脚，不管留下什么样的脚印，我们离峰顶都会越来越近；磕磕绊绊，坎坎坷坷，哪怕是蹒蹒跚跚，两个同龄人一路同行，一路走来，苦乐都在攀登之中。北高峰留下了我们的歌声，我们的谈笑风生，我们的文学美梦，我们跋涉者的身影。

我们终于登上了北高峰。

与高玉宝通话

在那个特殊年代，在我刚上初中的日子里，我这个所谓的文学少年，崇拜上了两位作家，一个是浩然，一个就得说是高玉宝了。高玉宝与我同姓，这就不用说了；高玉宝几乎没上过学，却能写书，这是我最崇拜他的理由。我崇拜他当然是因为我看了他的书《高玉宝》之后——我是在课堂上，借着课桌斗，偷偷看《高玉宝》的。受高玉宝影响，我一直不间断地胡乱写着所谓的小说。我还要逃学、辍学，想回家去，一边种地，一边写小说。我母亲当然不干。她把逃学的我又追了回来。我还与母亲犟嘴："高玉宝不会写字都会写小说，我也要写小说。"母亲质问我："不会写字，你拿啥写小说？高玉宝也是用字写的小说，你得先学会认字。"我说："我学会的字，够写小说了。不信问问高玉宝去！"

去哪儿问高玉宝去？我还是听了母亲的话，没有辍学而继续上学。此后，高玉宝和高玉宝写的那本书《高玉宝》，一直没有在我脑子里消失。高玉宝还是我的偶像。

多少年以后，我也算成了二把刀作家。那时候我还是崇拜着高玉宝。记得《高玉宝》那本书里，有一章就叫"去大连"。后来我才得知，高玉宝就在大连居住。我是多么想去大连拜访高玉宝啊。可这只是一个梦。但有时候人若是有了缘分，那是会"千里姻缘一线牵"的。我和高玉宝的缘分还真就来了。

那天我在院子里徘徊着，忽然听见有人叫我："高国镜，电话，大连来的电话。"

这是妻子在屋子里叫我，我赶忙从院子里跑到屋子里，抓起了电话："喂，您好！"

"你好，我是高玉宝。"

高玉宝？是哪个高玉宝？是我心中那个军旅作家高玉宝吗？我激动得说不出话来，却又激动地说着话。

"高玉宝？您是作家高玉宝吗？"

“我是大连的高玉宝。我是作家高玉宝啊。”

“高老，您好，您好！久仰大名！哎呀，几十年前就想听到您的声音，今天总算听到了。”

“咱俩有缘。你给我打过电话？我正好没在呀。老伴告诉我，说有个叫高国镜的给我打电话。”

“哎呀，高老，受宠若惊。福音哪。”

“你怎么知道我的电话的？”

“听收音机听来的，您在电台做过节目。”

“哎呀，是的。谢谢你听过我的节目。”

“咱们是当家子（同宗族的人）呀。我从小就崇拜您，十几岁就拜读您的《高玉宝》。”

“我也知道你的名字，高国镜。在中国作家词典里，没有多少姓高的作家呀。”

“可您赫赫有名啊。”

“我那本小书让我出大名了。高国镜，你发没发现我那部书的三大特色呀？”

“哪三大特色呀？”

“书名《高玉宝》，署名高玉宝，书中的主人公还是我高玉宝。”

“三宝啊，高老。”

高玉宝爽朗地笑着。他又和我谈了一番关于文学的现状。他说：“哎呀，我那书离不开那个时代呀。我上过一个月学，就能写书？这不是我一个人的奇迹，也是时代的奇迹。现在可不行喽，出书难哪。不过，我还是想写书。写红色的书，搞红色文学。看过浩然给你写的文章，你也搞红色文学。”

“我也搞红色文学，受高老的影响。”

“那好啊，咱们互相学习。你以后有机会，到大连来玩啊。我身子骨还硬朗，咱们聊聊。后生可畏。”

“谢谢高老，发自内心的。如果当年不读您的《高玉宝》，可能就没有我的今天哪。”

“高国镜，过奖了，我向你敬礼。”

“我向您致敬！”

……

就是这么一个电话，得让我偷着乐多少回呀！

我没有去过大连，可我的声音跑到大连去了；高玉宝没有来过我的高芳园，可他的声音也跑到高芳园里来了。这是多么令人难忘的沟通啊！从此高玉宝的声音，常常回荡在我的耳畔。

可在几年之后，高玉宝就故去了。闻此噩耗，我欲哭无泪。我又想到了当年拜读高玉宝的著作《高玉宝》的情景。

后来我得知，高玉宝是山东黄县人。我在龙口买了海景房。龙口和大连隔海相望，不是很遥远。但站在龙口的海岸上，我只能听到大海的波涛声，而不可能听到对岸传来高玉宝的声音了。我也不可能去大连拜访高玉宝了。但，高玉宝的影子，《高玉宝》书里的影子，不会在我脑海里消失。好在后来看电视连续剧《大决战》，里面就有高玉宝的形象。我看到“高玉宝”出现在电视荧屏上的身影，就情不自禁想站起来，向高老致敬，行注目礼。

遗憾的是，当时我接到高玉宝的电话，那是座机，不是手机；没有录音，也不可能来得及录音。即便如此，高玉宝的声音还是“永不消逝的电波”，那银线传来的声音，就像大海每天都会发出的波浪声，常常回荡在我的耳畔。

又来北戴河

萧瑟秋风今又是

换了人间……

几十年前就会背诵毛泽东主席这首诗，但今天想起这首诗来，更感到亲切、开心。

2009 年 6 月，我被中国作家协会邀请前往北戴河创作之家度假。还是想带上妻子，但她还是不能脱身。恰好我姐刚退休不久，姐姐就算我带的家属吧——我们一起登上了从北京开往秦皇岛的高铁列车。

面对夕阳。

面对朝阳。

面对北戴河的浪花，我的心潮也像波浪一样。

在见面会上，我朗诵了一首诗《北戴河的浪花》——

天还是这么高啊 / 云还是这么白 / 海燕和海鸥依旧舞动着 / 诗情的音符和画意的节拍 / 一千年一万年 / 这里永远是一片 / 波浪滔天的大海 / 今天，我们来了 / 我们来了，古人没有来 / 秦始皇没有来 / 魏武帝没有来 / 毛泽东也没有来 / 还是他们根本就没有走 / 依旧在秦皇岛外思索徘徊 / 秦始皇还在求仙吗？可惜，岁月没让他的头发变白 / 曹操还在扬鞭跃马吗？或是在写《步出厦门行》抒怀？毛主席还在中流击水吗？ / 也许在把“换了人间”的诗句推敲修改？沧海横流中风流人物到底能风骚多少载？ / 碣石山都能被大海深埋 / 英雄的诗篇为什么不会化成尘埃？

诗人的脑海未必有大海湛蓝 / 却像大海的波涛澎湃 / 诗人的胸襟未必有大海宽阔 / 却决不能像山谷一般狭窄 / 心既然是血肉和灵魂的结晶 / 心头的诗就该有情说情有爱说爱 / 无病呻吟的文字游戏 / 比垃圾更无用 / 比死亡更悲哀！历史的车轮靠人民推动 / 人民的脚印靠作家记载 / 作家只有把自己投入生活的大海 / 灵

感的火花才会像渤海的 / 日出天天冒出来 / 阳光下百万朵奔腾的浪花 / 是我们滚滚不息的诗潮和文采 / 孟姜女哭不倒的万里长城啊 / 是传承炎黄子孙的龙脉……

这首直白的诗得到了热烈的掌声。随后伴着大海的涛声，我与来自天南地北的诗朋文友、良师益友们，开始了一生都不会有几次的度假生活。

1984 年举办的《北京文学》青年诗歌创作班的班主任老师崔墨卿，也带着老伴，一同来北戴河度假。他握着我的手说：“国镜，在当年咱们那 19 个学员当中，你是出类拔萃的；你走到今天不容易，你放过羊，今天你放眼大海里的浪花，才会有你刚才诗里的激情。你是一个不忘本、懂得感恩的人，这反映在你的所有诗文里。你还会取得更大进步的。有心人，有你。”

而在这个时候，又已经有一位老者在那边笑眯眯地望着我。

我松开崔老师的手，便去握那位老师的手。我叫了一声：“刘老师。”

那老者赶忙伸出手来，说：“高国镜，你刚才的诗写得真好、朗诵得也真好哩。你咋知道我姓刘哩？”

“你不是刘思奇刘主编吗？你给我发表过小说啊。”

是的，这位老者曾经是《乡土文学》的主编。

我们的手紧紧握在一起。

我们都说：“相识恨晚。”

我们都说：“有幸相会。”

几句话后，我们都站在了浪花奔腾的礁石上，姐姐给我们照了一张又一张相。刘主编不断地拍打着我的肩膀：“高国镜，能够在北戴河见到你，三生有幸哩。”

可是，那样一次难得的机会，我还是没能够度完那 10 天假，只去了 5 天，就告别了大家。因为我家里的事实在多呀。北戴河创作之家的主任于辉，特意提前把大家召集到一起，合影留念。

我和姐姐告别了北戴河的浪花，又坐着高铁匆匆回到了北京。

带儿子去雾灵山度假

二儿子高天然参加了2013年高考。他感觉考得不理想，有点发蔫。他妈还在门头沟看孙子。我们爷俩在高芳园里显得很孤独。一天三顿饭，都是我囫囵做出来，我们俩囫囵吃过。天气更加闷热，雨也下得勤，桑拿天就要来了。可好消息也来了，北京作家协会通知我带着家属，去中国作家协会雾灵山创作之家度假。那自然是个好去处。可老伴得看孙子，享不上这次清福。我就和儿子天然商量："咱爷俩去吧？"

天然便应了下来。我让他把笔记本电脑和照相机准备好，还准备了一摞我出版的书，并与创作之家的工作人员刘晓霜联系好，便准备当天下午启程。

好在家门口就有去往目的地的车，我们爷俩便登上了那辆中巴车。

北京的夏天和承德的夏天是不一样的，承德那边比北京凉快了许多。皇上把避暑山庄选择在承德，也在于承德是一个避暑的好去处。在承德的山中，有一个叫中国作家协会雾灵山创作之家的地方。顾名思义，是作家度假的地方。我虽然距离那个度假的地方不远，家门口就能坐车，但那年那月，还是第一次去雾灵山创作之家休假。

到雾灵山创作之家的时候，已经夜幕降临。热心的刘晓霜同志开车到山下把我们接到了山上。我和儿子被分配到一个单间里。推开窗户，窗外全是山楂树，山楂已经结满枝头。微风吹来，凉意袭人。此处就这么舒服。

第二天早上起来，却发现这一栋栋小楼的绿地之间，大多都是山楂树。景色怡人。

儿子代我把一摞书交给了刘晓霜。我们便去吃早点。

吃早点出来，我发现一位年过花甲的老者，穿着马甲在前边缓缓地走着，而他的后边却有一位漂亮的小姑娘，在用小拳头给他捶着背。我便上前搭讪，才知道那花白头发的老者是著名作家张石山。那可是山西的一座“文山”哪，担任过山西省作家协会主席。我与他寒暄，说着久闻大名的话。那小姑娘还在给他捶背。

我实在是问错了一句话：“这小姑娘是你大孙女吗？”

张石山笑了：“咋就不应该是我的小女儿？”

“哎呀，不好意思。你这小女儿多大了？”

张石山指着我身边的高天然说：“这是你儿子吧？他多大了？”

“他属狗的，94 年的狗。”

“哎呀，那他们俩同岁呀。”

后来这年轻人也搭上话了。

张石山说：“这小伙子不赖呀，你今天又多了一个姐姐。”

张石山的女儿马上娇嗔地说：“爸，他是哥哥。”

这“哥哥”指的就是我儿子。

我还是有点嘴不把门地说：“张老师，你还有这么小的闺女？不是超生的吧？”

张石山只说了几个字：“有办法。”

我顺手拍了一下高天然的肩膀，说：“我也有办法。”

我还夸了儿子几句，说他 12 岁就发表过东西，18 岁又发表过散文诗歌。张石山说：“随你爸，当作家吧。小伙子。”

随后我们就集合，到雾灵山和十八潭去观光和采风。途中，张石山不断地站在车上唱着山西民歌，大多是情歌。那真是一条好嗓子呀，他的歌声回荡在那样的好山好水中。

车里静下来的时候，我让高天然打开笔记本电脑。我把即兴所作的一些句子，小声地说出来，他把字打到了电脑上。随后我便照着电脑，把这首有感而发的诗念了出来——

曾经在多少个地方徘徊 / 曾经在多少个地方感慨 / 山不像那个山哪 / 海不像那个海 / 难道因为环境的污染和生态的破坏？把龙都吓到了九霄云外 / 炎黄子孙既然是龙的传人 / 哪里是龙脉？不用众里寻他千百度 / 今日在雾灵山中 / 龙真的

无处不在／青山恰似群龙舞／碧水好像龙走来／浪涛如龙吟叱咤风云／松涛像龙腾扫除尘埃／就连那棵棵白桦树／也像龙的女儿站成排／睁着脉脉含情的眼睛／与我们相望／还是相爱？谁知十八潭里有多少玉龙／冲着我们笑开怀／莫道雾灵山在雾中／谁不是在云雾里走过？悬崖、鲜花，有幸、无奈／不要感叹一览众山小／好山真的在山外的山外／不要感叹只缘身在此山中／与山的缘分／与人的缘分／都是千年万年修来／我们来到雾灵山／就是我们今生之幸／人生之彩／这里的山气派／这里的水豪迈／这里的千种草药／可以祛除所有的病灶和病态／让我们借雾灵山水之灵气／绽放山花烂漫般的文采／让灵感的火花像山花像水花／年年岁岁天天月月开不败／

山山水水是生生不息的龙脉／龙的传人怀着山高水长的情怀／不管我们来自哪里／走向哪里／从此年年岁岁载载／相信在我们每个人的心头／每个人的脑海／永远都会回荡着、浮现着／十八潭留给我们的雄壮节拍／雾灵山留给我们的奇峰异彩／莫道雾灵山山沟窄／作家的心当宽似海／时代的车轮靠人民推动／人民的脚印靠作家记载／让我们用那座仙人塔当妙笔／在白桦树打造的白纸上／写下我们的真情真爱……

一车的人都在为我鼓掌。张石山的小闺女，不断地回头看我和我的儿子。

承德好山好水。我们也没少游山玩水。望着棒槌山的时候，我指着那山巅上的“棒槌”说：“然然，你就把那棒槌石当成生花妙笔，将来会写出好东西的。”

走进白桦林，我扒着一棵白桦树，让高天然给我照相的时候，我也跟他说：“你就把这白桦树当成笔，也会写出好东西。”

“爸，别神神道道说这天方夜谭了。我也没想过非得当作家。”

“心想事成。你想当作家，你才能当作家。”

儿子还是有点听不进我的话。我们走进了一条泉水奔腾的峡谷。那哗啦啦的泉水充满了不尽诗意。在那峡谷里，有人摆摊卖崖柏的根雕，我喜欢上了一件根雕，那形状像是一条昂首远眺的龙——攀龙附凤，那龙身上还攀附着一只凤凰。难得的根雕。张石山老师见我喜欢这根雕，便帮着我划价，我也便把这攀龙附凤的根雕拿到手了。高天然抱着它，走在草木葱茏的峡谷间。

那几天，我们走进了避暑山庄，还去了清东陵。面对孙殿英炸过的陵墓，面对据说全是用海南黄花梨盖的慈禧的最后“归宿”，感慨颇多。

难怪叫避暑山庄。即便是在夏日里热河河畔也是凉风习习。儿子把照相机对着我，留下了一个又一个珍贵的镜头。

奔向远方去领奖

不想当将军的士兵，不是好士兵。这话未必千真万确。钱多了不扎手，玫瑰带刺却芳香。这些话跟我的关系都不大。但当年那朵“刺玫瑰”，却把我带到了远方。

1983 年，《北京日报（郊区版）》举办小小说征文。在那个玫瑰花早已经凋谢的初冬时节，我那篇叫《刺玫瑰》的小小说，就“绽放”在了那期报纸副刊的头条。插图是一朵黑色的玫瑰花。从邮递员手里接过这张报纸的时候，我有点心花怒放。又过了几个月，在喜鹊的叫声中，我又接到了一封信，打开一看，是获奖通知。

1984 年 3 月 22 日，我第一次前往北京开获奖会，应该说是我们。我们十几位获奖者，同时住进了《北京日报》的招待所。晚上，我们沿着东长安街，去找晚餐，买包子吃。颁奖会那天，那么多大作家评委——林斤澜、刘绍棠、从维熙、陈模等，他们都说我的小说语言不错。

热情爽朗的刘绍棠，把特制的红色获奖证书和一块双菱牌手表（奖品），发放到我手里，又和我握手，说：“高国镜，祝贺你！你的小说写得质朴而有余韵，好好写下去。”

我连声说谢谢。

得到了这么一块对我来说很贵重的手表，我舍不得戴。只把它和那红色的证书，一并珍藏在小木箱子里。曾经想着，这块表是不是将来会成为定情物？这块手表会送给谁呢？我母亲爱说两句话：“金丝掉进井里，谁的就是谁的；大姑娘锁在柜里——一货等一主。”

我光顾着写作，却还没有女朋友。连报社的记者，都在给我寻找志同道合的伴侣。哪里想到，这伴侣还就从报纸上向我“走”来了。她便是学雷锋做好事，其事迹上了报纸的顺义姑娘胡德艳。就在我获奖的那个初春，我和胡德艳一同走在了顺义大地上的麦田里。这也是报社记者牵线搭桥的结果。

在那个晚上，麦海里有银色的月光，空中还有“光棍好苦”杜鹃的歌唱。就在那棵白杨树下，我掏出了那块双菱牌的手表。我把亮晶晶的手表，亲自给胡德艳戴在了手上。想说出两句诗来，又怕胡德艳说我浅薄，但还是说了出来。

天上有一轮月亮

你的手上也有一轮月亮

一块手表能代表什么

代表我的心

在你的身上闪光……

23岁的姑娘还是第一次戴手表，不管手表贵与贱，这是我写小说以来唯一获奖的奖品。

写了多年的小说、剧本、散文和诗歌，还就是这篇小小说《刺玫瑰》，得到了一点实惠。最大的实惠不是那块手表，而是那手表戴在了我未来妻子的手腕上，这也便成了最大的“实惠”。那次获奖，是不是也改变了我的命运？此后的1985年，我成了群文战线上的一兵。我还成了李各庄乡文化站的站长，并于1990年被评为北京市先进文化工作者。

《刺玫瑰》获奖了，此后可以说是一花引来万花开，我所发表和创作的诗文不断地获得大大小小的奖项。多少年下来回眸看，那一大柜子红彤彤的证书作证，我获得了一二百次征文奖。

1995年9月，在北京市“爱祖国爱北京”大型系列文化活动中，我的散文《珍珠湖》获得了二等奖。我前往北京市委的某个会议厅领奖，还见到了一些大人物。

接连不断获奖，虽然没有大奖，但毕竟是个奖。有些奖不一定大，却是让我刻骨铭心的。

1996年10月10日，我去北京老舍茶馆参加一个发奖会。我的小说《风水宝地》获得了《北京大观园》创刊五周年二等奖。那天是我第一次走进老舍茶馆，也是第一次从著名作家浩然手里接过那个获奖证书，还有一百元奖金。但我不知道，也没想到，就在我领奖的那天，远在京西大山深处的母亲，在对我苦苦的期盼中，在病魔的折磨下，与世长辞。

母亲没能看到我那个获奖证书。我用那笔奖金为母亲买了一个花篮，那是第一次，也是最后一次给母亲买那样的花篮。

此后还是在北京老舍茶馆领奖，我的诗歌《蝈蝈咏》荣获了北京市写作学会一等奖。

一次又一次的获奖，不感到有什么新鲜了。但若是参加征文，还是想获奖。

2003 年立秋那天，我前往东北参加一个全国群文战线的研讨会，虽然不是去领奖，但这次旅行也是对我的一次奖励。那是因为北京市文化局编辑了一套《北京市群众文化艺术丛书》，一套五本，精选了一部诗集，便有我的《昨日诗花今灿烂》。由张和平做总序，时任中国作家协会副主席的陈建功给我的诗集写了序言。也算是为了表彰我，馆长柴松林让我替他去参加那个群文会议。我们参观了沈阳故宫、张学良故居等名胜古迹。

别看我身在北京，北京的好多地方我可没去过。石景山的十里钢城，我只是在外边望见过其“炉火照天地，红星乱紫烟”的情景。而我第一次走进首钢产业园，却是因为去领北京杂文奖。我的杂文《月饼与月亮》获得了二等奖。奖金不少：八百元。午饭也很丰盛，但我却在那丰盛的午宴间露了怯、丢了脸。服务生不断地给斟红酒，每次都是蜻蜓点水的样子，不肯给满上。我就冒出了一句：“你就给满上吧，省得你来回跑。”我注意到，那服务生抿嘴一笑。但她那莞尔一笑，也教会了我喝红酒。那晚面对那皓月，我真的感谢我那篇获奖的杂文——那个奖是 2004 年 8 月获得的。

同样是 2004 年，10 月，没用我去领奖，却有人给我家送来了一个沉甸甸的奖杯。那个奖杯的含金量还是不小的，那是北京市家庭藏书状元户的奖杯。我之所以得到这个奖杯，是因为我们家藏书近万册，照人家说是一个名副其实的书香之家。

2005 年 12 月，我第一次去香山，也是去香山领奖。我的散文《京郊剪影》获得了“首届三农题材文艺作品大赛文学类”二等奖。我们在香山脚下的一次会议上开发奖会，在那近似于小别墅的宾馆里居住。奖金不少，还提前得到了一个刚“出世”的奥运福娃。我们还畅游了香山。我买了一大串塑封的香山红叶。我还买了好几个毛主席像章的领带夹子。从此在重要场合，我只要是披挂上西服，系上领带，就要把那个从香山请来的领带夹子，别到我的领带上。

领奖是不错的。2007 年，我的散文《人去情还在》获得了中国西柏坡散文奖二等奖。我们乘着一辆面包车到河北正定去参加发奖会。那是我第一次去古城正定，也是第一次去天下第一庄——石家庄；同时也是第一次去革命圣地西柏坡，参观毛主席故居。那几天我的感慨颇多。我也写了一些散文，还买了几套毛主席诗词和画像的摆件。那个五月端午，也正好是我 50 周岁生日。50 岁的生日，获了一个带红色标志的散文奖。不错。那天我第一次乘高铁，与著名散文家石英、王宗仁、红孩一起，从石家庄驶向北京西站。那滋味也不错。

也是在那年，我参加了《中国作家》第三届金秋笔会征文。我的短篇小说《插满犄角的明柱》获得了二等奖。我前往北京昌平，参加颁奖会。当我举起那个奖杯的时候，多少也还是有些光荣感的。

2011 年 12 月，我的长孙刚出生一个月，我便获得了一尊奖杯。这个奖杯是参加《小说选刊》第二届全国笔会获得的荣誉。我的中篇小说《唐朝瓜》荣获一等奖。我前往北京农展馆，捧回了那个奖杯。

写散文似乎很容易，获奖有时候也不觉得难。我的散文集《太阳照耀我们》获得了第五届冰心散文奖。要领这个奖，得去远方，去遥远的广西北海，参加颁奖大会。我未曾去过北海。2012 年 8 月 22 日，当我和北京的几位获奖者乘坐同一架飞机，前往北海的时候，我感到北海真是一个让我找得着北的地方。在北海期间，我和同仁们的脚步落在银滩上、红树林里……那里真是个好地方。回京后我写了一篇散文《把心落在了北海》。这散文几乎占据了《北海日报》的一个整版。此后北海文联主席董晓燕，还有作家蔡小玲，多次在微信里和我说：北海欢迎你！

2015 年 9 月，我的散文《石头与人生》获得了孙犁散文奖。我前往天津参加颁奖会。在这之前，我的小说《门神》获得了梁斌小说奖。我有幸两次去天津，都是因为获奖而去的。获奖的滋味挺好，那是因为获奖了，与此同时也旅游了。

谁能说不好？

获奖、领奖……领奖的时候捎带脚，总要去祖国的一些好地方，分享一些祖国的好风光。不能再写了。如果把我的两百个获奖证书都写上几句，读者肯定说是王母娘娘的裹脚布又臭又长，不过是流水账和豆腐账。挂一漏万，窥一斑而见“全身”吧。我把这些证书都当成一枚枚红叶，这所谓红叶，也算是折射着我的几度写作春秋。我没少跟着这些证书去旅游。我感谢它们。

我带作家“红色旅游”

顺义有个可以说是天下闻名的红色旅游景点——焦庄户地道战遗址纪念馆。纪念馆坐落在燕山脚下的歪坨山下，金鸡河畔。我对纪念馆是不陌生的。曾经几次采访过这个纪念馆，为其写了长诗《焦庄户地道战》，在《京郊日报》发表了一个整版。早在2004年，鲁迅文学院的近50名学员，是我带着他们走进了焦庄户地道战纪念馆，走进了地道战。

在那之后，我还带着一群老作家到纪念馆参观。

著名作家浩然与焦庄户有着深厚的情谊。我也曾经到浩然的好朋友肖永顺家，几次拜访过肖永顺。据说他是长篇小说《艳阳天》主人公肖长春的原型。

我在兼任顺义区作家协会主席期间，也曾经多次前往焦庄户纪念馆。给许福元召开的作品研讨会，也是在焦庄户纪念馆举行的。此间我又一次带着作家们，钻进了那神秘而神圣的地道。

2014年的那个夏日里，我又接到了一个电话：“高主席，听出我是谁来了吧？咱们一起开过发奖会。”

“兰主编，你好！”

“打扰高主席。有这么个事啊，我们在鲁院学习，我想带十几个同学到你那里转转，麻烦你给安排一下？”

“好啊，欢迎。”

“那就这样。你安排好了，最好再安排一辆车，到芍药居也就是中国现代文学馆来接我们一下。你看好吗？”

“没问题。”

嘴上说没问题，撂下电话后，可是得忙碌一阵子。

我带着一群来自全国各地的青年作家，走进了焦庄户地道战纪念馆。这一次红色旅游，让作家们发出了深深的感慨。午间，我请他们用餐，他们还意犹未尽。

我还送给了每个人一块红色的石头。

他们的到来，留下了珍贵的照片。我把一些照片放在我主编的内刊《顺文学选粹》的封二和封三上，这成了永恒的瞬间。

在那个秋天，黄栌叶红了的时候，我又一次和作家与音乐家们一起，前往焦庄户纪念馆。我们还购买了老乡们的土特产，包括花椒木。我购买了几根花椒木，登舞彩浅山的时候，可是派上了用场。有女士说："高主席，借我一根花椒木用，我也要拿一根拐杖……"还有人说："高主席，伸过你的花椒木来，拉我一把，让我迈过这个坎去……"

与作家和音乐家们登秋日的舞彩浅山，自然很浪漫。我们站在山头上合影，望着远方，也俯瞰着脚下的焦庄户地道战纪念馆，个个感慨万千。红叶，给人万山红遍层林尽染的感觉，像是在我们的眼前燃烧着。

又一次难忘的红色旅游。那合影又一次登上了《顺文学选粹》杂志。

紫禁城里的梅花鹿

俗话说："孙子孙子，爷爷的命根子。"那个兔年，我有了一个属兔的长孙。这下，他刚退休的奶奶可有事干了：看孙子。

"一晃就过来了"这句话应该是一种感叹，或者说是一种感觉。实际上，人生的每一步，哪怕是在无忧无虑的摇篮里，也不是一晃就过来的。

胡德艳一连看了3年多孙子，那是一晃就过来的事吗？那得需要多少"晃"啊？在交通工具里"晃"，抱着孙子"晃"……"晃"来"晃"去，也就算是一晃就过来了。

在这几年里，我们俩自然是聚少离多。照孙子后来的话说是：把我爷爷撂下不管了。

儿子家在门头沟，我家在顺义。大孙出生以后，胡德艳每个星期都要在门头沟和顺义之间往返一次。每周一，她凌晨4点多起床，就得不断地倒车，往儿子家里赶。这需要3个多小时，因为她在8点之前必须赶到。

胡德艳在看孙子的时候，不断地教孙子背诗。孙子3岁的时候，差不多就能背几百首诗了，也包括我写的一些诗。我平日里的最大乐趣，就是通过手机看孙子咿咿呀呀地给我背诗：

牧笛吹

吹得夕阳醉

鞭声响

抽得晚霞飞

山路上

一群黄牛归……

大孙子背着这样的诗，还问我："爷爷，这是您写的诗吗？"

"好孙子，这是爷爷20岁出头写的诗，发表在《北京文学》上。"我兴奋地说，

“大孙子，你大了也要学会写诗。”

最幸福的，就是孙子给我背诗的那一刻。

我见孙子的面却是极少的。平时小儿子也不在家，那个叫高芳园的大院里，只有我一个人。那几年里，我最怕晚上和停电了。

那年夏天一下雨，我家院里就掉闸停电，弄得我经常在黑夜里苦熬。天气闷热，蚊虫叮咬。走廊天花板上的壁虎可不少，那是我最不待见的东西了。

最待见的当然是大孙子能够趴在我肩头上的那一刻。好在每年我的生日，大儿子、儿媳都会带着大孙子回来，给我过生日。大孙子还会和我碰一杯。有一次他还给我唱了一句：

祝你生日快乐……

作为我本人，从来不以为生日是个快乐的日子；因为每一个人每过一个生日，寿命就减少了一年。

也是一晃的事吗？那一年我马上就要进入60岁的门槛了。九月一日，大孙子上了幼儿园。他奶奶就不用钻地铁，每个星期都去看孙子了。总算是完成了看第一个孙子的任务，我们俩合计着，还要好好写几篇小说。

秋天的时光是美好的，但也有人把秋天称为残秋、悲秋。对于我来说，那也是一个悲秋吗？

人生终归是要有很多坎的。无论来得早晚，该来的似乎总是要来的。六十花甲。花甲之年一般是要过一个大坎的。我即将进入花甲之年，也遇到了多事之秋。单位体检，我查出来甲状腺结节。进一步查下去，结果就很不乐观：甲状腺肿瘤，恶性。

老伴是不是很悲观？看不出来。

我倒显得很冷静。我没有末日来临的感觉。我早就知道，我早晚得走到另一个世界去。

小儿子当兵刚走，不能告诉他；大儿子知道实情后，为我奔波了一气。我还为那搭桥人提供了一块石头。他很热心，说是赶紧给我安排，及时做手术。

在准备做手术之前，我带着老伴逛了一回故宫。在紫禁城里转悠了大半天，自然会想到我第一次带着妻儿游故宫的情景。这是第二次，我做好了这是最后一次的准备。想想，她跟我一场，如果手术结果不太乐观，也算是给她留下了一份念想。北京的深秋，风景果然是不错的。而我也到了人生的秋天，差半年多就60周岁了。该知足就知足吧。

在紫禁城里的长椅上，我和胡德艳坐了一会儿。望着她手腕子上金光闪闪的镯子，我说："你这几年孙子没白看哪！"

她说："咋没白看哪？"

我说："儿媳妇没给你买一只大金镯子？"

她便笑了笑说："王珣是个好儿媳，对我不赖。"

我说："你对儿女也不赖呀，付出不小。"

她说："我付出啥了？"

我说："你没付出俩儿子？对，说产出合适。"

她说："哪个母亲不生儿女呀？瞧你这话说的。"

我说："我有了儿孙，当然是有你的一半功劳。咱俩在一起，30年出去了吧？我提前走了，也值得了。"

她说："你瞎说啥呀？"

我说："啥叫瞎说呀？皇帝都会一茬一茬地走掉，何况我一介草民？"

说着，我们又起身转了一圈。胡德艳忽然说："故宫里的树不多，这里面要是有白桦树多好啊。"

走到一个什么摊位前，我看到了一只青铜的梅花鹿。那梅花鹿的身上却像是缀满了一片片的雪花。造型极为独特，四条腿是并拢的，臀部夸张地撅得挺高，有点鹿回头的意思。我便把这只梅花鹿买了下来，说是提前送给老伴一件生日礼物吧。老伴连连说不用，又说太贵，又说到时候再送。

我的回答让她伤心吗？我说万一我的手术出了问题，这就是我给你送的最后一个礼物了。

"你不许再胡说。"

"天有不测风云哪，且不说人有旦夕祸福。"

"那也别买这只梅花鹿，咱们家不是有两只铜鹿吗？还是光绪年间的。"

"不是一码事。"

“那要买俩吗？划划价？”

“一只就够了。你看不出来这是一只牡鹿？犄角长得这么高。我要是走了，就让它陪伴着你。这寓意叫一鹿（路）相伴，一鹿（路）平安。”

“我就和你一路相伴，一路平安。”妻子说，“你可千万别这么悲观，不就是一个小手术吗？做完几天就恢复了，咱们还在一起写小说。”

说着，我们便抱着梅花鹿，一起走出了故宫。

那天的夕阳，挺大挺圆。好像有乌鸦在叫唤，但很快又被喜鹊的叫声代替了。

走马观花房山游

房山与我的老家门头沟，从地界上说交界，两地的人都可以说是百花山下的人。但是，我却极少到房山去。不过，我和房山还是有一些缘分的。当年霞云岭有个诗社，我和他们的社员有过多次书信往来。房山作家王凤梧，还给我写过一篇评论。早在 1983 年，我还差点到房山十渡去和一位姑娘见面，且她险些成了我的伴侣。当时她盛情邀约让我到十渡去，游山玩水写诗。可我没有去，自然我们也就没有最终成为伴侣。

2017 年的深秋，房山土生土长的散文家董华给我打电话，邀请我去房山第一医院，给那个医院写一部长篇报告文学，也就是他们医院 70 年的历史。我和老伴一起接受了这个任务。

在那个深秋的日子里，我和老伴打车去了房山。一路上，路两旁几乎全是即将飘零的红叶。

近三个小时后，我和胡德艳走进了董华的工作室。我把给他带的一块灵璧石摆在他的桌上，胡德艳把自己绣的一幅十字绣立在那一面墙壁上，董华笑得心花怒放，说："两位伉俪，二位真懂我呀，我和我的孙子都是属兔的，这十字绣上居然是一对兔子。真好。这还不让我孙子抢了去？"

董华把他刚刚出版的散文集《草木知己》，签名后送给我们。我欣然接受。董华很快就把我们带到了房山区第一医院办公室主任穆海玲的办公室。穆海玲主任又把我们带到了院长办公室。我们就把这活儿接下来了。医院的领导很是热情。穆海玲同志全力配合采访和写作工作。她给我和老伴安排了一间房子，让我们住下来，与医院的同志朝夕相处，也好尽快进入写作状态。

董华找到穆海玲主任，说是先让我们走马观花，在房山的山水间转几天。于是那位叫李洪建的司机，便带着我们去领略房山深秋的景色。

真正是走马观花。一千多年的云居寺，我们个把小时就逛完了。云居寺真是个好去处。最好好在那塔上。那样的古塔，世上能有几多？云居寺里刻在石板上的经书，可真是不朽的啊。听云居寺的主任介绍，在倒腾、搬运、转移那几万块“石经石”的时候，每一块石板都安然转移到了另一个地方，没有碰落哪怕是最小的一个颗粒；而搬运工人们的手脚，也没有蹭破一星半点儿的皮。阿弥陀佛，这也是佛祖在保佑这“圣经”吧。

我们还去了肯定比云居寺还古老得多的石花洞，也包括银狐洞。石花洞一步一景，哪一景不让人叹为观止、流连忘返哪！鬼斧神工，大自然的造化。那个去处，我不是第一次去，但单凭去几次，谁又能读懂、读透那五颜六色、千变万化的石花哪？石头开花，我这个爱石人，能不爱看吗？

自然，我们也去了十渡风景区。十渡，从一渡到十渡，哪一渡的山水，不是迷人的山水呀！在十渡，我们还吃到了有当地特色的午餐。那房山人，那十渡人，都是性情中人。

在房山，我们还去了贾公祠，也就是唐朝大诗人贾岛的故居。贾岛，那可是“云深不知处”的大诗人哪。当时我仿佛看到贾岛还骑在毛驴背上，在房山的山水间吟诗呢！

大石河——那可真是“石河”。那里的汉白玉雕塑，天下何处有？那一尊尊雕塑，洁白无瑕，栩栩如生，活灵活现，谁不喜欢？

房山的地质公园，那里有多少活化石啊！那样的去处，我还是第一次去。

还有古老的燕都，每一片瓦当都是一段历史啊。

我们不可能不去北京猿人遗址。在我上初中学历史的时候，就知道了山顶洞人、北京猿人……可到那龙骨山下的猿人遗址，还是第一次。我和老伴还看了4D电影，那画面仿佛又把我们带到了远古时代，带到了我们祖先的面前。每一个镜头都写着两个字：震撼。

从那里出来，我们望着该摘却没有人摘的满树的红彤彤的磨盘柿，我发出了很多感慨。当然，更多的感慨是，写了好几首关于古人类的诗。人类走到今天，真正是“路漫漫其修远兮”呀。当我们拿着手机拍摄龙骨山下的每一片红叶的时候，遥远的北京猿人会想到有这一天吗？

“春风得意马蹄疾，一日看尽长安花”——而在那个深秋，我们却看到了房山的一景又一景，处处都是美景。行走在拒马河畔，望着即将西下的夕阳，我和作家董华开玩笑说：

几多山水美

几多塔影斜

旅游好去处

丹心谢董华

……

董华却沉着而又笑眯眯地说："国镜，你现在别夸我，咱们的好活儿在后头，好景也在后头。我和院长说好了，由于咱们要采访的对象在海南，咱们还要去海南采访；我这人没坐过飞机，也怕坐飞机。咱们去海南的时候，从广州去，连广州也逛逛。你看好不好？"

我说那当然好。

好的前提是把活儿干好。这本书的书名我想好了，就叫《逐梦无涯》。

路过花城去海南

去羊城不是放羊，是路过花城去海南采访。

——题记

有人称我高作家，我还有点不好意思。但我写来写去，还是加入到中国作家协会的行列里去了。早在1994年，我应农业部的记者之约，前往河南采访畜牧战线上的先进人物，那是准备拍一部电视剧的。当时在郑州火车站，有人举着大牌子接站，那牌子上写着一行大字：作家高国镜接站。热情的河南人是把我视为作家的。有两次出去采访，遇到了修路的，让我们的车绕行。车上的领导说：“车上坐着作家高国镜哩，放行吧。中不中？”那拦路的就吐出了一个字：“中。”那拦路的牌子就撤到一边去了。

说句浅薄的话，当作家的感觉挺好。后来，我写的电视剧剧本《马背上的风流》没能够投入拍摄。但河南那边却发了一条消息《京城作家高国镜来中原采风》。

从那个时候到2018年，时间不短。此间，我出版了不少书，发表了不少作品。前边说过，散文作家董华邀请我和老伴，去给房山第一医院写院史，这就有了又一次出外采访的机会。

为了那本长篇报告文学《逐梦无涯》，我们要去广州和海南采访。

当年听说过两句打油诗：

一香港，二广州

第三要数门头沟……

当时的我，就是门头沟大山里的一个小羊倌。我没去过香港，也不敢奢望去广州。而当年那个在山上牧羊的我，却要去广州了。去广州干什么？就是董华所说的写那本叫《逐梦无涯》的书。

很快成行。那天院长李景荣接受我们采访的时候，他说我念的诗点燃了他的热情，他要好好地说说他们医院的历史。可有一位重要的采访对象，他叫崔建，是曾经的院长。崔院长退休以后，便年年到海南来过冬。李院长当场拍板，让我们前去海南，亲自采访崔院长。

2018 年元旦刚过，我们便在房山医院刘副院长的带领下，坐上了开往广州的高铁。在高铁列车上，我把自己也爱不释手的黄花梨和麻梨疙瘩手把件，赠送给刘副院长和董华。董华说："这东西忒好了。"我又奉献上一些小吃，董华也说："忒好吃了。"这我就很高兴了。

广州被称为"花城""羊城"。北京还是冰天雪地的季节，广州却是繁花似锦的春天了。我们在花城逗留了一天，照了不少相，是那种"她在丛中笑"的样子。

在那座五羊雕塑下，在它的前后左右，大家没少照相。

来羊城当然不是来放羊，而是带着采访任务来的。这便让我有了自豪感。浅薄一点的体会是：我也来过羊城，来过广州了。真是不虚此行。

那一刻董华说："广州是来了，这回该去海南了。"

那天，我们一行从白云机场起飞，前往海南。

转眼之间，我们就踏上了海南的热土。从飞机上走下来，我们听到了熟悉的歌声：

欢迎你到海南来，

这里四季春常在……

海南自然还是我当年来过的海南，但似乎又不像那个海南了。春天，春天当然是依旧驻守在海南的。"天涯何处无芳草。"海南的花花草草，还有那些椰子树、槟榔树……都是我们平时想见也见不到的。我们还去了呀诺达原始森林，看到了在树上长着的海南黄花梨。

"呀诺达"这个地方让我想到一件可望而不可即的事情。当年作家出版社出版了我的长篇小说《八百岁少年传奇》。这看似是一部第一人称的神话小说，实则关注的是生态。所以作家出版社便把这本书申报到"呀诺达生态文学奖"办公室去了。但，有知情人说，因为一票之差，我无缘去"呀诺达"开发奖会，也就无缘领那十万元大奖了。

幸运的是，借着这次采访的机会，我们来到了呀诺达的林海和山峰之中。我穿着头年小儿子给买的那一身米黄色的名牌衣服，还搭着那条红色的围巾，站在呀诺达的那块礁石上，让老伴给照了几张相。

在海南的风景里，在诗里、画里，我处处透着得意。

在海南的日子里，每一天都是不一样的生活。海南的炖柴鸡、炖老鸭，都是和北京不一样的滋味。想吃一顿椰子鸡，却又没有吃上。在天涯海角，又总以为这不是天涯海角。这里放了几块大石头，有海浪追过来，就成了天涯海角吗？南天一柱，这南天是那棒槌形状的石头撑起来的吗？胡思乱想中，那特有的花木会笑我天真烂漫吗？一朵云彩，是谁扯过来的，又被扯走了？我们好像很快就到了南海观音的福地。

我们这次来，当然不是游山玩水的。我们还有很重的采访任务。

总算是把那位崔院长约到我们"下榻"的屋子里来了。窗外是红花绿树，是似乎随手可够到的椰子。听说猴子摘椰子，是多么的有趣；可我这个属猴的，肯定不敢，也没有上树摘椰子的能力。而上一次来海南，我还笨手笨脚地摘了几个芒果。

崔院长坐到我们面前，侃侃而谈。他半个世纪的行医道路就是一部长书。我们紧锣密鼓地采访崔院长，给他写上浓墨重彩的一笔。老伴不断地做着笔记，我不断地询问着崔院长。

那几天，实在是搞得紧紧张张。就连那顿丰盛的晚餐，我都提前离席了。我到楼下转了转，有点头晕目眩。

高高的树上结槟榔，

谁先爬上谁先尝……

走在那两排槟榔树下，享受着椰风的吹拂，脑子又清醒了过来。晚上接茬采访吧。

晚上和老伴入住酒店。我翻看着老伴的笔记。我对她说："这里边还有几个问题，你记得不太清楚，我问得也不够全面。你不是有崔院长的电话吗？给他打电话，你再把他说的记录下来。"

这次电话采访进行了两个小时。收获不小，该洗洗睡了，却还是睡不着。想叫上董华他们，到外面去吃椰子鸡。他们已经睡了。

第二天，我们就乘上了去往北京的飞机。

第三天，从海南归来，又去房山医院采访了一些人。

房山医院 70 年的历史值得大书特书。我和老伴也便开始着手创作那部长篇报告文学了。

几个月后，董华和我们一起，在我们家里举杯，为那本叫《逐梦无涯》的书干杯。

烟台的海景房

2007年的秋天，我第一次随单位“采风团”来到烟台。烟台苹果，甜美中国。随着大巴车的行驶，我看到了一路流动的红艳艳、沉甸甸的苹果枝头。很快，那白色的浪花就把红绿间杂的果园淹没了。我乘着快艇，劈波斩浪，奔向了据说是八仙过海处。我在碧波中寻找八仙的影子，八仙在哪里？我与导游开玩笑：“再去一次八仙过海处吧。”

说着，好心的导游给我拍了两张照片，都是面朝大海春暖花开的样子。我穿着红色衬衫，张开双臂，欲拥抱大海。导游说：“够精神，飘飘欲仙的样子。”

那天我们观看了海市蜃楼影片。

走出影院，凭借我的大长腿，就骑到了那头石头毛驴（雕塑）背上。倒骑在驴背上，有人啪啪给我照相，有开朗的女士冲我说：“高国镜，你倒是下来呀，我好上去。”我说：“我骑着毛驴找张果老去呀。”

不知道是谁把一个红苹果抛给我，说是让我下来吃栖霞苹果，她们也好骑着毛驴照相。

女导游开玩笑说：“高老师，你舍不得走，就在烟台安家落户呗。”

一晃十年过去。2017年初春，我得到了一笔房补。这笔款子，在北京买不了几平方米的楼房；在烟台龙口，却能换来一套海景房。

那个秋天，那套海景房就成了我的房，名副其实的海景房。在北边的卧室里，可以看到大海；站在西阳台上，不用怎么眺望，眼前便是白浪翻滚、海鸥飞翔的景象。而在南边的两个卧室里，可以看到山，楼那边的山，南山。南山大佛，就坐落在南山上。在好天气，拿个望远镜，就与那南山大佛“相看两不厌”了。

就像做梦一般，名下和脚下，就有了属于自己的海景房。海景房就是与一般的房不一样，在海景房里，心胸都变得宽广起来。所谓灵感，也多了起来。到海边去看海，面对潮起潮落，总有诗兴大发的感觉。妻子用手机把我的声音录下来，就变成了一段段激情澎湃的视频。

那日，我和妻子又到海边去看夕阳。夕阳无限好。我感慨道："拽住她，拽住夕阳。祖辈父辈当年住石堂，而今我们住进了海景房，愿这美好的时光，变得尽量漫长。"

那天我们打开了笔记本电脑，开始书写一部中篇小说《不是骑鹿访名山》。这小说写的是一位山里的孩子，骑着狍子找到了红军，成了一位打江山的红小鬼……是啊，我们住进了海景房，哪能忘记给我们打江山的人呢！

海景房不是海市蜃楼，不是飘来的。

2018 年秋天，我成了领退休金的人。那个秋天，我们一次又一次来到大海边，感受大海的魅力。

龙口是世界上看日落的好地方。面对大海，夕照下的大海变成了红色，波光粼粼。我面对夕阳，又冒出了好几首诗。这组诗统称为《海边的家》。我随后又写了一篇散文，发表在《天津文学》上，题目叫《海景房》。

《海景房》发表后，万松浦书院好心的同志，又把《海景房》传到了网上。这篇散文，且不管读者有多少，点击量有多少，但这样的散文分明是给海景房做了"广告"，"招来"了更多的人，让他们也有了海边的家。在《北京日报》当编辑的张晓红退休后第一时间就拥有了海景房。还有《北京晚报》的几位退休编辑都来龙口安度晚年了。

海边的家也是家，不是旅馆，不是驿站，是柴米油盐酱醋茶的家，锅碗瓢盆交响曲的家。在这里，邻里关系更显得近乎，和谐和睦。"海内存知己，天涯若比邻。"邻里之间，互不相识，当下已经是常态。可在龙口，人们却找到了当年街坊的感觉，相互送点小礼品，就拉近了距离。

在海边燃烧文学激情

龙口，肯定龙脉不错。我始终坚信，大海里是有龙的。龙口除了龙脉好，文脉也好。我崇拜的好几位作家，《林海雪原》的作者曲波、《高玉宝》的作者高玉宝，著作等身的作家张炜，都是龙口人。

龙口不大，人文气息浓厚。且不从历史上说，仅从眼前的景观看，便可见崇文的气象。我到过各地差不多上百个小区吧，从未见过小区里有过孔子的雕像；而在我家海景房楼下的小公园里，那小广场上却矗立着一尊高大的孔圣人雕塑。他慈眉善目，凝望着周边，也眺望着远方。他传递着挥之不去的书香。此地，书香浓郁。

在龙口，我把自己的书先后送给了几十位“读者”，他们都很乐意接受，连连说谢谢，连连说了不起，连连说一定好好拜读。那位卖海参的胖姐，两次指着我路过的背影，与旁人说：“这位浓眉大眼的大高个儿，是个大作家。我看过他的书。不信你在网上查查他的名字高国镜，作品可不少。”

龙口松树多，号称万亩黑松林。那松香的气息浓厚；而在那里，还有一个万松浦书院，坐落在松树林里的书院，书香与松香交织弥漫，松香更加浓厚。那天，我联系到了书院的工作人员，也是一位作家。我说我想给万松浦书院捐几本书，年轻的北华先生表示欢迎，于是我和妻子便打车来到了万松浦书院。

在北华的陪伴下，我们在书院里流连忘返。

告别前，我购买了张炜签名的一大摞著作，算是满载而归。

哪里也离不开书香。

龙口是一个让人产生灵感的好地方。

那个秋天，我与妻子去海边遛弯，忽然发现天上有一片不同寻常的云彩。举目望去，那几乎是金色的云彩，有一朵活龙活现像一只猴子，或者说像孙悟空，在空中鸟瞰着我们，且久久纹丝不动，像一朵凝固的云，又动感十足。那镶嵌着金边的灵猴，是等着我给它拍照吗？我掏出手机，让那瞬间的云彩，变成了永恒的画面。这倒也没什么。有点什么的是，在那一刻，我那部长篇小说的书名就诞生了《火猴来也》——这部130多万字的书稿，被某个大出版社的副总编看好，想把这一套书推出来。尽管最终没能如愿，但那文字是不会随着云彩消失的。

龙口让我这个高老头有了更多的构思，也迎来一个又一个小小的丰收。奇怪吗？每当我到龙口去，总是会接到一些用稿通知，得到一些好消息。

烟台的大红柿子，给我一种事事如意的感觉。

烟台的大红苹果，让我平平安安地过着晚年生活。

面对奔腾的大海，面对燃烧的夕阳，我不可能焕发青春，但，余热和余晖，争取像那晚霞般灿烂而充满激情。儿时在京西大山里采药的我，少年就揣着作家梦的我，而今到大海边继续打捞胸中、生活里的诗文吧。

我观邻家银杏树

邻居有银杏，我家看风景。夏天荡绿荫，秋日摇金影。一棵公孙树，百年街坊情……

——题记

我家与东院的邻居，只隔着一道墙。我们两家的房子都是在 1997 年矗立起来的。他家盖成了仿古式的标准三合院，在他家房子竣工后的第二年春天，他往院子里栽了两棵银杏树。那时，可不是满大街都有银杏树。好大一个村里，据说只有庙台前有一棵银杏。后来，老君庙被拆除。有个村民在拆除的那个晚上，看到那银杏树前蹲着一位老者，村民问那老者是谁，怎么不回家。“我是老子，我没家了，这就是我的家。”老者答道。基于这个传说，我提醒邻居，民宅里还是不栽银杏树为好，听说银杏是寺庙里的树。他幽默地说：“高作家，你是个好人，那你就把我这个院子当寺庙吧。”

他家的银杏树，很快就长了起来。但那乐观的男主人却走得早了些。一度，邻居家人去楼空，我举目望那银杏，常常伤感袭来。我写了一个电影文学剧本《门神》，在《中国作家》杂志发表了，那剧本就有邻居家的背景。

邻居家的银杏树愈加高大，树干挺拔，枝叶葳蕤。那叶子夏日碧绿，秋后金黄，是我“相看两不厌”的风景线。有银鹰，时不时从树梢上飞过；有一对喜鹊，还在树杈上搭了窝。

没有梧桐树，招不来金凤凰。我就把那银杏树上的喜鹊窝，当作了凤巢，把那喜鹊当成了金凤凰。有天夜晚，我用手机拍了几张照片，还随笔写了几句诗：“金枝玉叶藏黑夜，巢里可栖眠中鹊？叶落有声乌啼远，诗仙何处望冷月？”

那银杏树一年四季都有不重复的景象。红日从银杏树那边升起来，皓月挂在银杏的树梢上；风里雨里的银杏树，雪花“撞击”着的银杏树……那是诗、是画呀，那也是我常常拍照的对象。由于年久失修，那黛色的瓦垄上开出了一朵又一朵缠绵的牵牛花，也是一道不错的景观。我写道：牵牛花在瓦垄上睡眠，露水打湿了花仙子的梦……

远亲不如近邻。那邻居家主人走早了，后来他的后人常常在那院落里装裱字画，我们两家的关系一直很融洽。

有天，我写了首《咏银杏》诗，还被好心的诗人谱上了曲子，在人民视频发表了。

阵阵西风凉，片片银杏黄。

邻家摇钱树，叶落铺满房。

莫道萧萧下，何必叹冬长。

飘飘金蝴蝶，纷纷邀春忙。

秋天，满大街都是银杏树，放眼一片金黄；举目那树干像玉柱一般，一排排，一行行。银杏树，古老的树。它们几亿年前就出现在了地球上，又被称为白果树、公孙树……银杏树象征着东方和秋天。银杏树高洁、高尚、坚韧挺拔，谁不喜欢银杏树啊？银杏树是中华民族的智慧与生命之树。

初冬，邻居家银杏树的叶子落了，落到了我家的院子里。我捡起一片片像小扇子一般的叶子，闻着它的香气，却感到了它的仙气。我举目望那银杏树，像仙人似的静静地站在那里，与我相看着；我们都在等待着，又一个春天的到来。

寒风又吹起来一片片银杏叶，那树叶就像《百年孤独》里的黄蝴蝶，飘飘洒洒地飞舞着。我不禁又写下了这段话：一夜阵阵风凉，让金灿灿的银杏叶寒心，都落光，欲何往？去找雪花妹妹，还是寻蝴蝶姑娘？枝头的鸟儿迷茫，是归巢栖息，还是展开翅膀，扑向春光？公孙树就站在那里，把脚下与远方的诗，吟唱……